文春文庫

紀勢本線殺人事件

十津川警部クラシックス

西村京太郎

文藝春秋

目次

【初出】
「宝石」平成四年三月号～十月号
【単行本】
平成四年十一月　光文社刊
本書は、平成十九年四月に刊行された文春文庫の新装版です。

紀勢本線殺人事件

十津川警部クラシックス

第一章　小雨の中で

1

新宮《しんぐう》駅は、名古屋《なごや》から入る紀勢《きせい》本線の特急「南紀《なんき》」が停車するし、関西《かんさい》方面からは同じく紀勢本線を走る特急「くろしお」の終着駅でもある。

ホームは長く、側線の数も多いが、新宮の町そのものは、大きくもないが、かといって小さくもない、普通の町である。南紀には、那智《なち》勝浦《かつうら》や白浜《しらはま》のような観光の町が多いが、その点でも、新宮は観光の町とはいえない。

昔は林業の町で、今でも近くに二つの製紙工場があるが、木材も最近は安い外国のものが入って来て、林業の町の名前も色あせてしまっている。

観光資源といったものも、ほとんどない。新宮駅で降りると、タクシー乗り場に

「観光コース」の案内板があるが、市内観光のすすめはなくて、すべて市外の那智や勝浦へ行くものである。

しかし、まったく観光資源がないわけではない。駅前には「鳩ぽっぽ」の歌碑《かひ》が立っていて、日本では最初の口語体の童謡、鳩ぽっぽの作詞者、東《ひがし》くめが、この町の生まれであることを示している。

もう一つは、徐福《じょふく》の墓だろう。秦《しん》の始皇帝《しこうてい》に、不老不死の薬を探して来るように命じられた徐福は、東方に桃源郷《とうげんきょう》を求めて、日本に来たといわれる。実在の人物とも空想の人物ともいわれるが、紀州では鯨捕《くじらと》りや薬草、養蚕《ようさん》、製紙を教えたといわれ、そのため駅近くの公園に徐福の墓がある。

新宮の町では、徐福を町起こしに使おうとして、七千五百万円をかけて徐福財団をつくったり、徐福まつりの花火大会を行なったが、あまり効果はなかったらしい。公園にある徐福の墓も、目立たないものだし、徐福の町を見ようとして、新宮に来る人はほとんどいないからである。

その代わりというわけでもないだろうが、この町には徐福という名のパチンコ店兼ビジネスホテルや、徐福寿司という看板が、駅前に見られる。

あと、熊野《くまの》速玉大社《はやたまたいしゃ》が駅から歩いて十五分のところにあるが、これも本家の熊野大社の出店の感じである。

ここはもと城下町で、丹鶴城《たんかくじょう》のあった高台は、今、公園になっているが、ここも名所とはいえず、せっかく設けられたケーブル・カーも、今は利用する観光客もないため、廃止されてしまい、市民のジョギングの場所になっていた。

それでもこの町は、住む人々には広さが手ごろだし、商店街も整っていて、暮らしやすいといわれている。

十一月五日の月曜日の朝、丹鶴城公園に、ジョギングにやって来たグループがいた。近くに住む人たちで、サラリーマンもいれば、喫茶店の夫婦もいる。

中年が多いのは、ちょうど健康に不安を感じているからだろう。石段を登り降りして、およそ三十分でひとめぐりできるこの公園は、手ごろなジョギングの場所なのだ。

ひと汗流してから、彼らは麓《ふもと》に作られたケーブル・カーの停留所をのぞいた。コンクリート作りの建物はまだ残っていて、頂上とを結んだ車両もそのまま停《と》まっている。

茶色く塗られた車両は、十一人乗りで、窓ガラスも割れてしまっているが、座席もしっかりしていて、電源を入れればすぐにも動き出しそうだった。ボディにも観光リフト・カーと書かれていた。これが作られたときの意気込みを感じさせるのだが、予想したように観光客が来なかったのだ。

「もったいないねえ」

と、K製紙に勤めている四十五歳の三木《みき》はいいながら、車内をのぞき込んだが、その顔が突然ひきつったようになった。

「ああ――」

と、三木が妙な声を出したので、ほかの連中が、

「どうしたんだ?」

「何かあったの?」

と、いいながら、同じように車内をのぞいた。

座席の下に、半裸の若い女が身体《からだ》をくの字に折り曲げるようにして、倒れている。しかも、剝《む》き出しの乳房の間を刺されたらしく、溢《あふ》れた血が、彼女の白い胸と汚れた床を、赤黒く染めていた。

2

新宮警察署は、駅から車で七、八分、国道42号線近くにある。一部三階建ての平凡な建物だが、南紀らしく、前庭に蘇鉄《そてつ》が植えられている。

そこから、二台のパトカーが、現場に急行した。県警本部からは鑑識の車が駆《か》けつける。

いつもは静かな場所が、急に騒がしくなった。

死体は、ケーブル・カーの中から、外に運び出されていた。

刑事課の若い中村《なかむら》警部は、発見者であるジョギング・グループの話を聞いてから、改めて死体を見つめた。

被害者の年齢は、二十一、二歳だろう。剝き出しになった二つの乳房の真ん中が無残にえぐられている。

赤いワンピースも、白のアンダーウェアも、腰のあたりまで引き下げられている。

それに、顔が真っ赤になっていた。よく見れば、額《ひたい》のあたりから血が流れ出したためなのだ。中村は屈《かが》み込み、指を伸ばして女の垂れ下がっている前髪をかきあげてみた。

（――？）

彼が眼を大きくしたのは、額にナイフで切りつけたと思われる×印の傷が、見つかったからだった。

それは、まるで、犯人のサインのように見えた。

「昨日は雨が降っていたな？」

と、中村は立ち上がって、部下の一人にきいた。

「夕方から、ずっと小雨が降っていて、寒かったですよ」

「それなら、コートを羽織《はお》っていたか、傘《かさ》を持っていたはずだ。それにハンドバッグもない。周囲を探してみてくれ」

と、中村はいった。

中村の思ったとおり、近くから泥に汚れたコートと、ハンドバッグが見つかった。

ハンドバッグの中に運転免許証が入っていて、被害者の身元が判明した。

JR新宮駅前にあるスーパーマーケットで、会計事務をやっている原口《はらぐち》ユキ。二十一歳である。

財布があったが、中身は抜き取られていたから、県警では、物盗《ものと》りの線もあると考えた。

両親は那智勝浦で旅館をやっていて、ユキは就職を機会に、新宮市内のマンションでひとり暮らしを始めたのだが、その九カ月目のことだった。

死体は解剖《かいぼう》に廻され、死亡推定時刻が明らかになった。

前夜、十一月四日、日曜日の夜、午後十時から十一時までの間が、死亡推定時刻ということだった。

ユキの住むマンションは、丹鶴城公園の近くだから、遊びに行って、その帰りに襲われたのだろうと推測された。小雨の中を帰る途中、犯人は、彼女を廃棄されているケーブル・カーの中に連れ込み、惨殺したのだ。

五日の夜、捜査会議が新宮署で開かれた。

中村警部が、まず、これまでにわかったことを報告した。

「今回の事件には、特徴がいくつかあります。衣服が引き下げられて、乳房が剝き出しになっており、まだ凶器は見つかりませんが、犯人は胸にナイフを突き刺して殺したと思われます。それにもかかわらず、解剖所見では、暴行は受けていないということです。また、被害者の額には、×印の傷がつけられています。明らかに、犯人がナイフを使用して、つけたものと思われます。このことから、犯人が被害者に対して特別な感情、つまり憎しみを抱《いだ》いての犯行の線が考えられます」

「物盗りの線も、考えられるんじゃないのかね？」

と、本部長が中村にきいた。

「財布から現金が盗まれているので、その線をまったく無視するわけにもいきませんが――」

「が、何だね？」

「私の考えでは、物盗りの線は少ないと思うのです。物盗りが、わざわざ、襲った女の額に、ナイフで×印をつけたりはしないだろうと思うからです。そんなことをしているヒマに、逃げるのではないでしょうか？」

と、中村はいった。

「物盗りが変じて、若い女に襲いかかった。それが変質者なら、ナイフで、殺した女の額に×印ぐらいつけかねないだろう」

と、本部長が切り返した。

本部長が物盗りに拘《こだわ》ったのは、新宮市内で、ここ一カ月の間に、覆面《ふくめん》をし、女性ばかり三人をナイフで脅《おど》して、金を奪う犯人が出没していて、まだ捕まっていなかったからである。

被害にあった女三人の証言によると、犯人は覆面の目出し帽をかぶっていたので、顔は見えなかったが、身長一七五、六センチの男で、茶色いハーフコートを着ていたという点で、一致していた。

その犯人が、今度は被害者に対して、欲望を剝き出しにして、襲いかかったのではないかと、本部長は考えたのだ。

凶器のナイフは、なかなか見つからなかった。

中村は、被害者の額に刻まれた×印に拘《こだわ》った。犯人は、何のためにそんなことをしたのか。そのことに犯人の性格や被害者に対する憎しみが、表現されているような気がしたからだった。

もちろん、捜査本部自体も、その傷を軽視したわけではない。額の傷は、たしかに今度の事件を、今までのほかの殺人事件と区別するものだった。ただ、何のために犯人がそんなことをしたのかわからなかったし、もし、気まぐれにしたことなら、捜査を誤る危険があったために、特別重視するのを避けたのである。

しかし、十一月六日になって、突然、東京の警視庁から二人の刑事が新宮署に訪ねてきて、事情が一変した。

3

二人は、警視庁捜査一課の十津川《とつがわ》警部と亀井《かめい》刑事といった。

十津川は、本部長に挨拶したあと、中村に向かって、丹鶴城公園で起きた事件のことをくわしくききたいといった。

「なぜ、警視庁が、新宮で起きた事件に興味を持つんですか？」

と、中村は当然の質問をした。

十津川は、生真面目《きまじめ》な表情で、

「先週の日曜日の夜、十月二十八日の夜ですが、世田谷《せたがや》で若い女が殺されました。上半身裸にされ、乳房の間を刺されてです。それだけでなく、被害者の額には、×印の傷がつけられていました」

「ちょっと待ってください。東京でそんな事件が起きたという話は聞いていませんが」

中村が口を挟んだ。

「額の傷は、この事件の特徴を示しているので、わざと伏せておいたのです。また、マスコミがこの傷を猟奇《りょうき》的に扱い、真似《まね》をする人間が出てくるのを恐れたからです。それが、一週間おいた十一月四日の同じ日曜日に起きたことにびっくりして、話を伺《うかが》いに来たわけです」

と、十津川はいった。

中村は、十津川の要望に応じて、死体の写真を見せた。その中には、問題の額の傷を示したものが、三枚含まれている。

その写真と、十津川が東京から持ってきた写真を比べてみた。

×形につけられた傷の長さ、傷の方向、深さなどが慎重に比較された。

中村も十津川も、共にいちばん考えたのは同一犯人によるものかどうかという一点だった。

傷は、さして大きくはないものである。長さ六センチほどの傷がクロスされていて、この長さは、東京のものも新宮のものも同じだった。

傷の方向は、斜め上から下に向かって、切られている。傷の深さは、多少違っていたが、それはあまり問題視しなかった。

結論として、中村と十津川の意見は、同じ犯人による殺人という点で一致した。

この額の傷のほかに、暴行未遂という点でも二つの事件はよく似ている。

「もう一つ、これは亀井刑事が注目したことですが、二つの事件には共通点があるのですよ」

と、十津川が中村にいった。

中村は亀井刑事に眼をやって、

「どんなことですか？」

「これは偶然かもしれないんですが――」

と、亀井は断わってから、

「新宮の被害者は、原口ユキという名前でしたね？」

「そうです」

「イニシアルだけをとれば、Y・Hになります。あるいは、H・Y。それに、二十一歳のOLですね」

「ええ」

「東京の世田谷で殺された女性も、二十一歳のOLで、名前は長谷川弓子《はせがわゆみこ》です。Y・H、あるいはH・Yで、一致します」

と、亀井はいった。

中村は、すぐには賛成しなかった。特に名前の点では、首をかしげた。

「私は偶然の一致ではないかと思いますね。若い女性、それも二十代なら、OLが圧倒的に多いわけですし、犯人が名前を確かめてから殺したとは思われません」

と、中村がいうと、亀井は意外にあっさりと、

「たしかに、偶然の可能性も、大きいと思います」

と、いった。

本部長も含めての話し合いでは、犯人像がどんなものかという点に、重点がおかれ

た。

中村がまず、ここ二日間の聞き込みについて、本部長と十津川たちに説明した。

「残念ながら、まだ凶器は見つかっていません。十一月四日の夜、現場附近で怪しい人物なり、車を見たという目撃者は、出ていません。当夜は、小雨が降っていて、暗かったせいもあると思います」

「その点は、われわれの場合も同じです。十月二十八日は、雨は降っていませんでしたが、現場が公園裏の暗がりで、人通りが少ないせいもあって、まだ、目撃者が見つかっていませんし、凶器も発見されていません」

と、十津川がいった。

「財布の中身が盗られているんですか？」

これは、本部長がきいた。

「ハンドバッグに財布は入っていましたが、中身は抜き取られていました」

「つまり、物盗りに見せかけたということでしょうかね？」

と、本部長がきくと、十津川は難しい顔になって、

「そういう見方もあるんですが、それにしては、犯人は被害者の顔に、問題の×印の傷をつけています。これは、犯人が物盗りに見せかけようとしたとすると、裏腹な行

動になってしまいます」

「今度の事件の最大の問題点は、額の傷だと思います」

と、中村がいった。

「それは、犯人がなぜそんなことをしたのかという理由だね」

と、本部長がいった。

「もう一つ、同一犯人とすると、なぜ十月二十八日に東京で殺し、次に新宮で殺人をやったかというのも、謎になってきますよ」

と、亀井がいった。

「犯人の自己顕示欲の表われということは、できませんか？」

と、最初に意見を出したのは、中村だった。

「自己顕示欲ねえ」

その説明を求めるように、本部長が中村を見た。

「殺人犯人には、ときどき異常心理の持ち主がいるものです。今度の事件の犯人が、それかもしれません。若い女性を殺し、自分の犯行の印として、被害者の額に×印の傷をつけたのではないかと、思うのですが」

と、中村はいった。

「つまり、犯人の署名《サイン》だというのかね？」

「そうです」

「それについては、どう思われますか？」

と、本部長は十津川に眼を向けた。

十津川は、肯《うなず》いて、

「面白い考えだと思います。警視庁でも同じ考えがあります。ただ、一つの考えに固定してしまうのは、危険だと思います」

「ほかにどんな考え方があるんですか？」

中村は、挑戦的な眼つきになって、十津川を見た。

「そうですねえ。たとえば、二人の被害者の間に、何か関連性があれば、額の×印は、その共通性を示すマークということもありえます」

と、十津川はいった。

「二人の被害者に、共通性があるんですか？　われわれが調べたかぎりでは、原口ユキは、那智勝浦の生まれで、東京とは何の関係もありませんがね」

と、中村はいった。相変わらず、挑戦的な口調だった。

「東京の被害者、長谷川弓子も、今のところ南紀とは関係のない女性です」

「それでは、共通性は、ないじゃありませんか」

「中村君」

と、本部長が声をかけた。

若い中村警部が、十津川に向かって突っかかるような喋《しゃべ》り方をするのが、気になったのだろう。

「先へ進もうじゃないか。同一犯人とすると、犯人は東京から南紀へ移動してきたことになる。これをどう判断するかだが」

と、本部長は続けていった。

4

十津川は、同一犯人と断定して話を進めていいのではないかといった。

犯人が、十月二十八日の夜、東京の世田谷にいて、一週間後の十一月四日には和歌《わか》山《やま》県の新宮に来ている。これだけは間違いないのである。

「いくつかの可能性が考えられますね」

と、十津川はいい、それをあげてみせた。

①犯人が、個人的な理由で旅行していて、その行き先で若い女を襲い、額にナイフで×印をつけた。この場合は、東京、新宮という街には、意味がないことになる。たまたま、東京の次に足を運んだのが、新宮だったということになるからである。
②犯人の郷里が、新宮、あるいは南紀の何処《どこ》かだという可能性もある。とすれば、三人目の被害者が出ると、それは南紀の何処かだろう。
③第一の被害者と、第二の被害者の間に、何らかの関係がある場合がある。この場合は、三人目の被害者は出ないかもしれないし、東京、新宮という街にも、特別の意味が出てくるだろう。東京で殺された長谷川弓子が、旅行で新宮に行ったとき、たまたま、新宮で殺された原口ユキに会ったのかもしれないし、その逆のケースもありえるからである。
「このほかのケースもあるでしょうが、今はこの三つしか思い浮かびません」

と、十津川はいった。

「この三つのどれに該当するかは、わからないわけですか？」

本部長が、十津川を見た。

「今のところ、まったく判断がつきませんし、今申し上げたように、この三点以外に理由があるのかもしれません」

と、十津川はいった。

「どうしたら、それがわかりますか？」

「二人の被害者について、もっとよく調べることが、まず必要だと思いますね。まったく偶然に、犯人によって選ばれたのかもしれませんが、まだ、われわれの知らない共通点がある可能性もあります。もし共通点があれば、それが、犯人を浮かび上がらせるヒントになります」

と、十津川はいった。

本部長は肯いて、

「それには今後、事件についてひんぱんに情報を交換していく必要がありますね」

「同感です」

「私のほうはこの中村君が指揮をとっているので、細かい打ち合わせは彼としていただきたい。若いので、ときに突っかかることがありますが、仕事熱心ということで、大目に見てください」

と、本部長は微笑した。

「私だってわがままですよ」

と、十津川はいった。

十津川と亀井の二人を、中村がパトカーで現場に案内した。

二人は、狭いケーブル・カーの車内にもぐり込んで、被害者の倒れていた床を見たり、頂上までの景色を見たりしていたが、

「東京の現場には、ケーブル・カーこそありませんが、周囲の雰囲気はよく似ていますね」

と、十津川がいった。

「東京は公園の裏ということでしたが？」

と、中村はきいた。

「そうです。小さな公園の裏です。東京には珍しく、空地なんかがあって、寂しい場所です。ケーブル・カーの廃車両はありませんが、代わりに、こわれた自転車なんかが、捨てられています。それで雰囲気は、よく似ているんです」

と、十津川はいった。

「これは、犯人の一つの性格を示しているんでしょうか？」

中村は、眼を光らせてきいた。

「かもしれませんね」

「十津川さんは、どうも歯切れが悪いですねえ」

と、中村が眉《まゆ》を寄せた。

十津川は苦笑して、

「そうですか」

「慎重すぎるというのかな。犯人は東京で殺人を犯して、一週間後には、この新宮で二人目の相手を殺しています。次は九州か沖縄《おきなわ》に飛んで、三人目を殺すかもしれないんですよ。それも、一週間後ではなくて、明日かもしれない。それなのに、そういう見方もできるが、この見方もあると考えていたら、後手《ごて》ばかり取ることになってしまいますよ。私はそれをいいたいんですよ」

「なるほど」

と、十津川は肯いた。中村は勢い込んで、

「うちの本部長は慎重派だから、あなたと協議して間違いのないように捜査を進めるようにいいましたが、私は私の考えで動くつもりです。それだけはこの際、あなたにお断わりしておきます」

と、いった。

「それでかまいませんよ。私たちとあなたが、同じ方針で捜査を進めるのも大切ですが、違う方針で動けば、早く犯人に辿《たど》りつくこともありえますからね」

十津川は、ニッコリ笑っていった。

5

十津川と亀井は、その日のうちに、東京に引き返すことにした。一刻も早く犯人を逮捕しないと、第三の犠牲者が出る可能性があったからである。

「あの若い警部は、二人は東京行きの最終の「ひかり」に乗った。

名古屋から、二人は東京行きの最終の「ひかり」に乗った。

「あの若い警部は、張り切りすぎですよ。危なっかしいんじゃありませんか？」

と、亀井が本当に心配そうな声を出した。

「私だって、三十五、六歳のときは、やたらに張り切っていたよ。危なっかしいが、勢いというものがある。失敗するかもしれないが、大変な成功をするかもしれない」

と、十津川はいった。

「警部は彼を買われているんですか？」

「彼とは、今度の事件で協力していかなければならないんだよ」

と、十津川はいった。

「うまくやっていけると思いますか?」

「たぶん、楽しくやっていけるはずだよ。若さは気まぐれだが、楽しくもあるからね」

「そうあってほしいですがね」

亀井は、まだ不安げだった。

二三時四九分に、東京駅に着いた。

二人は、自宅には帰らず、そのまま、捜査本部の置かれている世田谷署に向かった。新宮で起きた第二の事件を参考にして、もう一度、十月二十八日の事件を考え直してみようと思ったからである。

二人は、人の気配の消えた部屋で、事件のこれまでの記録を読み返し、写真を見直した。

被害者の長谷川弓子は、短大を卒業したあと、銀座に本社のあるK商事に入っている。

美人で、ボーイフレンドが何人もいた。

十月二十八日も、そのボーイフレンドの一人の車で、ドライブに出かけた。青木徹《あおきとおる》という二十七歳の男で、同じK商事の社員である。

いつもなら、彼女のマンションの前まで送るのだが、この夜、車の中で些細《ささい》なことからケンカになり、弓子は怒って、自宅の近くで降りてしまった。

そして、公園の裏を通って、マンションに帰ろうとして、犯人に襲われたのである。

最初、十津川は、このボーイフレンドをマークした。ロゲンカをして、怒って彼女が車を降りてしまったというのは嘘《うそ》で、青木のほうが、彼女のつき合っているほかの男のことで腹を立て、ナイフで刺殺したのではないかと、考えたのである。額の×印の傷は、彼女が裏切ったのだという印ではないのかとも、考えた。

青木には、アリバイもない。

今でも、彼の容疑が完全に晴れたわけではないが、調べていくうちに十津川は、彼は犯人ではないと思うようになった。

第一に、殺害場所と時間が、彼に疑いがかかるようになっている。あまりにも、これは拙劣《せつれつ》なのだ。二十八日に弓子が青木とドライブに行くことは、彼女の女友だちが知っているし、二人は逗子《ずし》に行き、海辺のレストランで食事をしている。その帰りに、しかも彼女の自宅近くで殺すというのは、まったく工夫がない。

第二は、凶器である。青木がもしナイフを用意していたとすれば、計画殺人になる。

しかし、それなら何処か近郊の山中にでも連れて行って、殺すだろう。

第三に、青木の性格である。スマートな現代青年だが、話してみただけで、気弱さがわかった。かっとしてナイフで刺すことはあっても、同じナイフで殺した女の額に印をつけることまでは、できないだろうと思ったのである。

そして、新宮の事件だった。十津川はこの事件を知ったとき、青木のアリバイを調べてみたが、十一月四日の夜のアリバイは完全だった。

二つの事件が同一犯人によるものなら、青木徹は完全に除外されるのだ。

「今日、名古屋から紀勢本線の特急『南紀』に乗ったでしょう」

と、亀井がコーヒーをいれてくれながら、十津川に話しかけた。

「ああ、南紀3号にね」

「あのとき、ひょっとすると犯人も同じ列車で、新宮に行ったんじゃないかと、思いましたよ」

と、亀井がいう。

東京から新宮に行く方法は、いくつかある。

車で行ってもいいし、南紀白浜《なんきしらはま》まで飛行機で行き、そのあと、車か列車を使ってもいい。

列車で行くのなら、新幹線で名古屋まで行き、名古屋から特急「南紀」に乗り換えるのが普通だろうし、十津川たちもそうしたのである。

十月二十八日に、世田谷で長谷川弓子を殺した犯人も、何日にかはわからないが、新幹線と紀勢本線を乗りついで、新宮に行った可能性が強いのだ。

「例によって、インスタントですが」

と、亀井が申しわけなさそうにいれてくれたコーヒーを、十津川はありがたく口に運んだ。

「いろいろと、考えなければならないことがあるね」

と、十津川はいった。

「根本的な問題は犯人が、なぜ女二人をあんな形で殺したかという動機ですよ」

と、亀井がいった。

「たしかに、それもまだわかっていないんだ。若い女全体に対して、憎しみを持っているのか、特定の女性だけに憎悪を感じているのか、それとも、まったく別な動機なのか、見当がつかない状況だからね」

「二人の被害者に共通点があると、いいんですが」

「カメさんのいう名前の一致があるじゃないか。イニシアルが、Y・Hだという

――」

と、十津川がいうと、亀井は照れ臭そうに笑って、

「あれは、中村警部に笑われましたよ」

「だが、私は意外にカメさんの考えが当たっているんじゃないかと、思っているんだがね。Y・H、あるいはH・Yでもいいんだが、姓と名前の両方のイニシアルが一致しているというのは、偶然とは思いにくいからだよ」

「しかし、犯人が名前のイニシアルを確かめてから殺したというのは、ちょっと考えにくいんですが」

「おい、おい、カメさん。いい出した君がそんなに頼りなくちゃ困るな」

と、十津川は笑った。

「そうなんですが、今はこれといった根拠のない推理ですから」

「そのうちに、根拠が見つかるかもしれないよ」

と、十津川はいってから、新宮署で貰《もら》ってきた南紀の地図を机の上に広げた。

（なぜ、東京の次が、新宮だったんだろう？）

という疑問が、十津川にはある。

第二の殺人が新宮で起きたことは、単なる偶然だったのだろうか？　犯人の気まぐ

れで、犯人は東京から逃げて、たまたま新宮に足を止め、市内の若い女を殺したのか？　それなら、北海道でも、九州でもよかったことになって、新宮なり南紀に拘《こだわ》ることは、かえってマイナスになってしまうだろう。

十津川は、赤のサインペンで、名古屋から関西本線―紀勢本線を通って、新宮まで線を引いてみた。

東京で殺人をやったあと、犯人はここまでやって来たのだ。

「このあと、犯人は何処へ行くと思うね？」

と、十津川は亀井にきいた。

「よほどのことがなければ、東京には戻らないでしょう。われわれが必死になって、犯人を探しているのを知っていますから。とすると、紀勢本線沿いに、串本《くしもと》―白浜―和歌山―大阪《おおさか》の方向へ移動していく。あるいは、すでに移動しているんじゃないかと思います。車に乗っているとすれば、車で、それがなければ列車を使ってと、思います」

と、亀井がいった。

「大阪へ出たあとは、ちょっと想像がつきにくいね」

「そうですね。中国地方を通って九州へ出るコースもありますし、四国へも行けます。

また、大阪空港から逆の方向、北海道へ行くことも考えられます」

「それにしても、新宮というのは面白いと思ったよ。東京で人を殺して逃げるとすると、普通は思い切り遠い所を選ぶものだ。日本国内なら、沖縄とか北海道へね。それでなければ、ひなびた温泉地に逃げこむ。新宮という町は、今日行ってみてわかったんだが、東京からそれほど遠くないし、小さくも大きくもない、中途半端な町だ。温泉地でも観光地でもない。そんな町に、なぜ犯人は逃げて行ったのかね？」

「犯人の郷里でしょうか？」

「しかし、郷里で第二の殺人をやったのでは、郷里まで捨てなければならなくなるよ」

と、十津川はいった。

次に、十津川は、これも新宮署で貰ってきた被害者、原口ユキの顔写真を机におき、その横に世田谷で殺された長谷川弓子の顔写真を並べた。

「似ていると思うかね？」

と、十津川はきいた。

「二人とも美人ですが、顔立ちはかなり違いますね」

と、亀井はいった。

「すると、顔立ちは、関係がないとみていいか」

と、十津川はいった。

6

その日、十津川と亀井は捜査本部に寝た。

日が変わると、十津川は部下の刑事たちに、第二の被害者原口ユキの顔写真を持たせ、もう一度、第一の事件の聞き込みに廻らせた。

第一の被害者、長谷川弓子を知っている人たちに、原口ユキの写真を見せ、彼女を見たことがないか、きかせるためだった。

二人の間に何か関係があるのではないか？

それが、十津川に引っかかっている。二十一歳という年齢と、ＯＬという点は一致しているのだが、もっと深いつながりがあるのではないかと、十津川は思っている。

中村警部は関係はないと思うといったが、それならなぜ、犯人は二人を殺したのか？　額にあんな傷をつけておいたのか？

もし、どこかで二人がつながっていれば、その関係の仕方によって、犯人像が浮かび上がってくるかもしれないのである。

しかし、三日後の昼過ぎになっても期待する回答はなかった。

刑事たちは、電話してきたのだが、誰からも原口ユキを見たという証言は得られないというものだった。

刑事たちは、長谷川弓子を知っている友人、知人、約五十人に会った。その中には、彼女が働いていたK商事の社員もいれば、短大時代の同窓生、それに彼女の家族や隣り近所の人間が含まれていた。

彼らは、見せられた原口ユキの写真に対して、一人も反応を示さなかったというのである。

五十人の人間は、誰も原口ユキに会ったことがないというのだ。だからといって、長谷川弓子本人も知らなかったと断定はできないが、それでも、九〇パーセントつき合いがなかったとはいえるだろう。

この結果に、十津川は失望した。

また、新宮署の中村警部から、原口ユキのくわしい経歴が、ファクシミリで送られてきた。

詳細などといっても、二十一歳の若い女である。経歴といっても、寂しいものだった。

同じ二十一歳だが、長谷川弓子とは、生まれた月日は違っている。もちろん、小学校、中学校、高校、そして大学も同じではない。

中学生のとき、修学旅行で東京に行っているが、このとき、東京の中学生だった長谷川弓子と、どこかで会ったのだろうか？

このとき二人が会って、以後、交際を続けていたのか？　だが、長谷川弓子の部屋を探しても、原口ユキからの手紙とか、二人で撮った写真は見つからなかった。

中村警部から送られてきたファクシミリにも、同じことが書き込まれていた。原口ユキのマンションの部屋に、長谷川弓子からの手紙は、一通も見つからないというのである。

〈したがって、この二人の間には、共通点は発見されず、犯人の気まぐれによって選ばれた被害者と考えられます。したがって、被害者から犯人に到達するという捜査方針は、かえって混乱を招くと、私は考えます〉

ファクシミリの最後に、中村警部の、彼らしい考えが書き加えられていた。

「気まぐれで選ばれた被害者ですか」

と、亀井は、肩をすくめるようにしていった。

「西本《にしもと》刑事たちの聞き込みでは、今のところ二人の間に、何の関係も見つからないからねえ」

「しかし、気まぐれに若い女なら誰でもいいから殺すというのは、犯人の心理として、どうですかねえ。もちろん、十何人も女を襲い、強姦して殺した例がありますが、この場合、被害者の身体に犯人のサインは残っていません。強姦そのものが目的だからです。しかし、今度はサインを残している。そんな犯人が、無差別に殺すものですかねえ」

亀井は首をかしげた。

十津川にも、そこがわからないのだ。

若い女全体に対する憎悪ならば、わかる。その場合は、無差別に若い女を殺すだろう。

「選ばれた被害者という感じも、捨て切れないね」

と、十津川は自分の考えをいった。

だが、殺された二人は、どんなふうに犯人によって選ばれたのだろうか？

聞き込みに動いていた刑事たちが帰ってきたので、十津川は、その点について話し合うことにした。

被害者の長谷川弓子については、すでに調べつくされていて、今回の刑事たちの聞き込みでも、これといった新しいものは出てこなかった。

「長谷川弓子は、いってみれば平凡な女性です。美人なので目立つ存在でしたが、だからといって、傲慢《ごうまん》だったとか、男と問題を起こすということは、なかったようです。ボーイフレンドが何人か、いましたが、これは今の若い女性にとって、特別だとは思われません。OLとしての仕事ぶりも普通で、上司と問題を起こしたことはありません」

と、西本刑事がいった。

「つまり、個人的には、殺される理由はなかったということだね？」

と、十津川がきく。

「そのとおりです。むしろ、好かれていたといったほうがいいと思います。例の、車で送ったボーイフレンドとの口論ですが、普通の男女の間でよくある口ゲンカと見たほうがいいようです」

「誰かがしつこく彼女にいい寄っていて、ひどくはねつけられて、憎んでいたということは、ないのかね？　今の若い男は、ほんの少しでも傷つけられると、かっとして相手の女をめった刺しにして殺したりするんだが」

　と、亀井がきいた。

「それはなかったようです」

　と、いったのは、日下《くさか》刑事だった。彼は続けて、

「彼女と親しかった女友だちにも当たってみましたが、彼女が、脅迫《きょうはく》の手紙や電話を受けていた形跡はありません。彼女は、あまり隠しごとのできない性格で、何かあれば友だちに話していたと思います」

「彼女のことをいろいろと聞き廻っていた人間も、いなかったんだな？」

「なかったようです。年頃なので、結婚調査の対象にぐらいはなったことがあるんじゃないかと思ったんですが、それもありませんでした。まだ結婚話はなかったからだと思いますが」

　と、日下がいった。

「結局、犯人に結びつくものは、何も見つからずか」

　十津川は、小さな溜息《ためいき》をついた。

　何かあるはずだという気が、どうしてもするのである。犯人に結びつく何かがであ

る。だが、いっこうに何も見つからない。

新宮署の中村警部の考えが正しいように思えてしまう。

犯人は、無差別に長谷川弓子を殺し、一週間後に原口ユキを殺したのだろうか？　そうだとすれば、犯人にとって、彼女たちの名前も、経歴も、友人関係も、異性関係も、何の意味もなかったことになり、十津川たちがそれを調べることも意味がないのだ。

犯人にとって意味があったのは、たまたま近くに、魅力的な若い女がいたというだけのことだったのだろうか？

（そんなはずはないんだが）

と、十津川は思う。別に、若い中村警部への対抗心からではなかった。

「女を襲っていながら、二件とも暴行未遂です。なぜですかね？」

ふと、亀井がきいた。

十津川が、答えるより先に、若い西本刑事が、

「犯人は不能者なんじゃありませんかね？　それで、女に馬鹿にされた」

「だから、復讐《ふくしゅう》のために美しい女を見ると殺しているというわけかね？」

「そうです。動機としては、十分ですよ」

「東京の次に、新宮で二人目を殺したのは？」

「たぶん、犯人が旅行好きなんでしょう」

西本が、あっけらかんとした顔でいった。

亀井は苦笑して、

「簡単明瞭で、いいがねえ」

「いけませんか？」

「旅行好きの不能者なら、次は南紀の白浜あたりで、三人目を殺すとでもいうのかね？」

亀井がからかい気味にいったとき、十津川に電話が入った。

「新宮署の中村です」

と、相変わらず、いくぶん甲高《かんだか》い声が聞こえた。

「十津川です」

と、応じると、中村はいきなり、

「すぐ、串本へ来ていただけませんか。JR紀勢本線で来られるなら、駅までお迎えにあがります」

と、いった。

「串本で何かあったんですか?」

「三人目と思われる被害者が出ました。若い女で、胸を刺され、額に×印の傷があったということです。その他、くわしいことは、まだわかっていません」

「すぐ行きます」

と、十津川はいってから、亀井に向かって、

「カメさん。カメさんの予言が本当になったよ。南紀で第三の殺人だ」

「白浜ですか?」

「その傍《そば》の串本だよ」

「行きましょう」

と、亀井も腰を上げた。二人は捜査本部を飛び出して、地下鉄で東京駅に向かった。

東京駅で十津川は少し迷った。名古屋からの特急「南紀」は、串本までは行っていない。新大阪まで新幹線で行き、特急「くろしお」に乗れば、串本まで行く。

亀井に相談すると、彼は、乗り換えの少ないほうがいいという。それに、新大阪から入る「くろしお」のほうが本数が多い。

十津川も賛成して、新大阪へ行くことにした。

新幹線ホームにあがりながら、十津川は亀井に向かって、

「前にカメさんがいったが、第一の殺人のあと、犯人はこの東京駅から新幹線に乗って、南紀に向かったのかと思うと、妙な気持ちになるね」

「そうです。そのとき、犯人が何を考えていたのかと思うんですよ。逃げるようにして、南紀へ行ったのだろうか、それとも、次の殺人のことを考えて、胸をわくわくさせていたのだろうか。そんなことを考えますね」

と、亀井はいった。

二人は、一六時二四分の「ひかり121号」に乗った。

新大阪着は、一九時二八分。

一九時四〇分発の「スーパーくろしお31号」に間に合った。白浜、串本方面行きの最終の特急だった。

先頭の1号車がグリーンで、前面のガラスが大きな展望車になっている新型車両だった。

同じ紀勢本線でも、名古屋から入る特急「南紀」が、ひと昔前の車両なのと大きな違いである。「南紀」が、非電化区間を走る気動車なのに、「くろしお」のほうが電化区間を走る電車という違いなのかもしれないが、それ以上に南紀が関西圏に属しているということなのかもしれない。

昼間なら、いつ海が見えてくるかと、それを楽しみに窓の外を見ているのだが、この時間ではその楽しみはないので、二人ともしばらく仮眠をとった。

串本に着いたのは、二二時五九分である。

駅前には、やはり南紀らしく蘇鉄が植えられている。

その駅前広場にパトカーを停めて、中村警部が迎えに来てくれていた。若い中村は、緊張した顔で、十津川たちをパトカーに案内して、自分は助手席に乗り、首をねじ廻すようにして、

「とにかく、串本警察署にご案内します。遺体もそこに運んであります」

と、いった。

パトカーが走り出す。

「身元はもうわかったんですか？」

「この串本の女です。それで、名前なんですが――」

「珍しい名前なんですか？」

と、十津川がきいた。

「そうじゃないんですが、平山八重《ひらやまやえ》です」

「ヤエって、八重ですか？」

「そうです」

「古風な名前ですね」

「それはそうなんですが――」

と、なぜか中村がいい澱《よど》んだ。

十津川は「ああ」と肯いて、

「イニシアルが、Y・Hですね」

「そうなんです」

中村は、眉を寄せて肯いた。

亀井が眼を光らせた。

「じゃあ、三人ともY・Hになるんですね？」

「そうです。どうも偶然とは思えなくなりました」

と、中村は不承不承の表情でいう。

「年齢はどうですか？」

十津川は、相手の気まずさをやわらげるように、別の質問をした。

「二十一歳です。これも前の二人と、なぜか同じ年齢でした」

今度は、中村は先廻りしていった。

串本警察署に着くと、十津川と亀井は署長に挨拶してから、遺体を見せてもらった。前の二つの事件と、まったく同じだった。乳房の真ん中を刺され、額には×印の切り傷がつけられている。

「同じですね」

と、横で亀井が小声でいった。別に声を落とす必要はないのだが、ベテランの亀井も、異様な事件で、緊張しているのだろう。

あるいは、気持ちが高ぶってくるのを、一生懸命におさえているのか。

二階の部屋に戻って、中村が、

「この事件も同一犯人に違いないということで、私が担当することになりました」

と、気負った語調でいった。

「被害者の経歴は、どんなものですか？」

と、十津川がきいた。

「地元の生まれで、N銀行串本支店で働いています」

と、中村がメモを見ながらいった。

「すると、前の二人と同じＯＬですね」

「そうです。独身、市内のマンションにひとりで暮らしていました」

「殺されたのは、いつですか？」

「昨夜の午後十時から十一時までの間です。ハンドバッグの財布から、現金が抜き取られていました」

「それも同じですね」

「しかし、前の二件と、違うこともあります」

「何ですか？」

「昨日、十一月九日は、日曜日じゃありません。金曜日です」

と、中村がいった。

第二章　南紀白浜《なんきしらはま》

1

「わかっています」

と、十津川はいった。

たしかに、前の二件は日曜日に起きているが、今度の事件は、金曜日である。

「問題は、それをどう解釈するかだと思います」

と、十津川は続けていった。

「君はどう思っているんだね？」

署長が、中村警部にきいた。中村はちらりと十津川を見てから、

「一つの考え方として、今度の犯人が前の二件と別人だという見方もあります。殺し

の方法がセンセーショナルなので、新聞、テレビが大きく取り上げました。それを真似《まね》て、別の人間が日曜日でなく、金曜日に若い女を殺したということも考えられるからです。あるいは、たまたま女を殺したい男がいて、殺したあと、額《ひたい》に×の傷をつけておけば、前の二件の犯人のせいにできると考えたという可能性もあります」

「前の二件と同じ犯人ということも、考えられるんだろう？」

「そうです。そのほうが可能性が強いと、私は思っています」

と、中村は自信ありげにいった。

署長は、今度は十津川に向かって、

「うちの中村警部はこういっていますが、十津川さんはどう思われますか？」

と、きいた。

十津川は、若い中村がじっと自分を見ているのを意識しながら、

「私も同一犯人説に賛成です。真似をするといっても、イニシアルが同じで、二十一歳という年齢も同じ女を探すのは、楽ではないと思うのです。また、自分が殺したい女がいて、それを連続殺人事件の中に埋没《まいぼつ》させるケースにしても、たまたま殺したい女のイニシアルがY・Hで、同じ二十一歳というのも偶然に過ぎると考えます。したがって同一犯人と考えるほうが、まず間違いないと思いますね」

「すると、今回、金曜日に犯行があったのはなぜだと思われますか？」

と、署長がきいた。

「正直にいってわかりません。今は犯人の都合と考えるのが無難でしょう。ただ一つだけ、不安なことがあります」

と、十津川はいった。

「どんなことですか？」

と、署長がきく。

「日曜日ごとというと、七日間の余裕があったわけです。ところが犯人は、次の日曜日まで待たず、金曜日に三人目の女を殺しました。もし、犯人が次の日曜日まで待たずに殺したとすると、四人目はもっと、間隔を短くして殺すかもしれません」

「四人目の犠牲者が出るとお考えですか？」

「その恐れは十分にあります」

十津川がいうと、中村が気負った感じで、

「四人目は出しませんよ」

と、署長と十津川にいった。

署長は嬉しさと、不安の入り混じったような顔で、

「大丈夫かね？」

「犯人はすでに三人殺しています。東京と新宮、そして串本でです。いかに巧妙な犯人でも、三人も殺せばどこかに足跡を残しているはずです。また、透明人間でもないかぎり、必ず目撃者がいるはずです。聞き込みを続けていけば、犯人の輪郭が浮かんでくるはずであり、逮捕は可能と考えています。それに犯人は、十一月四日に新宮で原口ユキを殺し、十一月九日に串本で平山八重を殺しました。この間、五日間、犯人はおそらく南紀の何処《どこ》かにいたと、私は思っています。東京で第一の殺人を犯しているので、東京に住んでいるということも考えられますが、四日に新宮で殺しをやったあと、いったん東京に帰り、九日にまた串本まで出かけてきたとは、私には思えないからです。とすれば、新宮—串本間のホテル、旅館、あるいはペンションを片っ端から洗っていけば、必ず怪しい人物が浮かんでくると確信しています」

「そのあとは、どうするのかね？」

と、署長がきく。

「あとは簡単です。何人かの容疑者が浮かんでくれば、それを徹底的にマークします。今回の犯人は、必ずまた同じように若い女を殺そうとするはずですから、マークしていれば現行犯逮捕が可能です。したがって私は四人目の犠牲者が出ることを心配していません。逆にそのときが、犯人逮捕のチャンスだと考えます」

中村は、意気盛んないい方をした。

署長は十津川に、

「今の中村警部の言葉を、どう思われますか？」

「私もうまく犯人が逮捕されて、四人目の犠牲者が出ないことを期待しています」

と、十津川はいった。

「何か、他人事《ひとごと》みたいないい方ですな」

署長は、じろりと十津川を睨《にら》んだ。

十津川は手を振って、

「とんでもありません。今回の事件は、もともと東京から始まっていますから、私たちも解決に全力をつくすつもりでおります。ただ、第二、第三の件はこちらの警察の所管ですので、捜査にはあくまでも、お手伝いさせていただくという気持ちでいます。それを申し上げただけです」

「犯人がまだ南紀にいるとすれば、われわれだけで十分です。必ず逮捕してみせます」

と、中村はきっぱりといった。

2

十津川と亀井は、串本警察署を出て、予約したホテルに向かった。

「あの中村警部は、張り切りすぎていて、ちょっと不安ですね」

ホテルのロビーに落ち着いてから、亀井が十津川にいった。それに対して十津川は、

「張り切るのは結構なことだよ。それにあの警部は地元の事件だから、自分たちの力で解決したいんだろう」

「大丈夫ですかね？　ひどく簡単に解決できるように考えていますが」

と、亀井は眉をひそめた。

「彼の考えていることは、悪くはないよ。同一犯人なら事件を重ねるたびに、少しずつその痕跡を残していくものだからね。うまく尻尾《しっぽ》を摑《つか》めれば、彼のいうように自然に犯人像が浮かび上がってくるさ」

十津川は、楽天的ないい方をした。

亀井は首をかしげて、

「警部には珍しいですね」

「何が？」

「どうもあの若い警部を、買いかぶりすぎておられるような気がして、仕方がないんですよ。われわれに対して、やたらに挑戦的で、謙虚《けんきょ》さが足らんじゃありませんか」

と、亀井は文句をいった。

十津川は笑って、

「カメさんも、小言幸兵衛《こごとこうべえ》になってしまったみたいだな」

「危なっかしいんですよ」

「傲慢《ごうまん》さは若さの特権だよ。謙虚さは、私のように四十代になれば、いやでも身につくさ。それに、ここは彼に花を持たせてやりたいと思ってね」

と、十津川はいった。

それでも亀井は、まだ首をかしげている。

「本当は警部も、危なっかしいと思われているんじゃありませんか？　そんな気がして仕方がありませんがねえ」

「反省しているんだよ」

と、十津川がいった。

「何をですか？」

「われわれが、出しゃばっているのではないかという反省だよ。向こうさんは、あくまでも自分たちの事件だという気持ちがあるだろう。そこへわれわれがあれこれ口を挟めば、気を悪くするんじゃないか。それに、警視庁の人間だということで、遠慮してしまうということもあるからね」

「遠慮どころか、あの警部は挑戦的ですよ」

「それも遠慮の裏返しだろう。だからここでは、向こうの捜査を尊重したいんだ」

と、十津川はいった。

「しかし、われわれがあれこれ事件について考えるのは、かまわんでしょう？」

「もちろん、それはかまわないさ」

「それなら、考えようじゃありませんか」

と、亀井は強い声でいった。

二人は、ロビーの中にある喫茶ルームに入り、コーヒーを注文した。

どうも事件の中に入ってしまうと、コーヒーと煙草《たばこ》の量が増えてしまうなと十津川は思いながら、煙草をくわえた。

「今度の事件でいちばん問題なのは、犯人の動機だと思いますね」

と、亀井がコーヒーをゆっくりかき回しながらいった。

「カメさんは、犯人の動機を、何だと思っているんだ？」

十津川は、煙草の煙を眼で追いながらきいた。

「正直にいうと、わかりませんよ。だが、あの若い警部がいうような方法で、解決できるとは思っていないんです。ただ聞き込みをやっていけば、自然に犯人が浮かび上がってくるような事件じゃない。なによりも、犯人の動機の解明が必要だと、私は思っているんです」

と、亀井はまたいった。

「犯人が被害者の額につけた×印の傷のことを、カメさんはいっているんだろう？」

「もちろんです」

「しかし、あれは犯人がただの悪戯《いたずら》でつけたのかもしれないよ」

十津川は、からかい気味にいった。亀井はむっとした顔で、

「警部だって、そんなことは考えておられないんでしょう？」

「いや、悪かった。もちろん、ただの悪戯だなんて思っていないよ」

十津川はあわてて謝った。

亀井はブラックでコーヒーを飲んでから、

「警部も、日ごろからいわれているじゃありませんか。殺人の方法には、犯人の思い

が如実に表現されていると」

「ああ、ある意味で犯人のメッセージだからね」

と、十津川も真剣な表情でいった。

「今度の犯人は、被害者の乳房の間を刺し、額に×印の傷をつけています。これは犯人のメッセージですね？」

「たぶんね」

「誰に対するメッセージなんでしょうか？」

と、亀井がきいた。亀井は質問を始めると、納得がいくまで止《や》めようとしない。十津川のほうは、その質問に答えるうちに、頭の中がしだいに整理されてきたり、事件解決のヒントをつかんだりする。だから亀井の質問は、嫌いではなかった。それに、ときには十津川のほうが亀井に対して、質問の雨を降らせることもある。

「そうだねえ」

と、十津川は考え込んだ。いくつかの答えが浮かび、それを頭の中で整理しながら、

「第一に考えられるのは、社会に対するメッセージだね」

「その場合は、犯人が社会に対して恨みを抱いていたことになりますね。自分の不遇さを社会のせいだとして、若い女を殺したうえ、残忍なマークを残して、社会を驚か

せることで復讐《ふくしゅう》するという——」

「そうだね」

「第二に考えられるのは、何ですか？」

亀井が続けて質問する。亀井も質問しながら、頭の中で今度の事件のおさらいをしているのだ。

「自分を捨てた女へのメッセージかねえ。脅迫といってもいい」

と、十津川はいった。

「なるほど。もしそうだとすると、犯人は、その恋人と同じような女性を殺しているんでしょうね。」

「かもしれない。OLで、名前のイニシアルはY・Hで、二十一歳」

「かもしれない。　この場合、彼女は犯人がなぜ、OL、二十一歳、Y・Hのイニシアルの女ばかりを殺しているのか、わかっていることになる。自分に対する脅迫だということがね。もしそうなら、一刻も早く名乗り出てほしいもんだね」

と、十津川はいった。

「第三の可能性もありますか？」

「警察への挑戦ということも考えられるよ」

と、十津川はいった。

「われわれへの挑戦ですか？」

「まあ、犯罪というのは、多かれ少なかれ、警察への挑戦みたいなところがあるがね。今度の犯人は、センセーショナルな犯罪を繰り返して、おれを逮捕できるか、できるならやってみろと、いっているのかもしれない」

「なるほど。その場合には、いつか挑戦状が警察に送りつけられて来ますかね？」

「その可能性はあるね」

と、十津川はいった。

今、今度の連続殺人事件をマスコミが大きく報じている。

被害者がいずれも二十一歳の若い女だということや、残忍な殺し方のせいである。犯人は、自然にマスコミの英雄になってしまい、いわゆるハイな気分になっているだろう。人間というのは欲望に限りがないから、犯人はそのうちに自分の力を過信していき、警察に挑戦する気になってくるかもしれない。最初はその気がなくても、である。

「ほかに考えられるのは、犯人が異常者だということかな」

と、十津川はいった。

「異常者ですか？」

「ああ、だが、この可能性は少ないと思っているよ。若い女ばかりを、残忍な方法で殺していくだけのことなら、異常者の可能性があるがね」

「前にもありましたね。神さまのお告げだといって、若い女ばかり続けて殺した犯人が」

と、亀井は思い出しながら、いった。

「だが、あのときは、被害者の名前も年齢も、まちまちだったよ。今回はイニシアルが一致し、年齢もすべて二十一歳だ。そこまで合わせて殺していくのは、ただの異常とは考えられないんだよ」

と、十津川はいった。

「同感です」

と、亀井はいい、すぐ首をかしげて、

「それにしても、犯人はどうやって被害者を探し出しているんですかね？　前にも同じことを、疑問にしましたが」

「そこに、犯人の動機が隠されているかもしれないね。中村警部が、その謎を解明してくれるかもしれないよ」

「あの警部がですか？」

亀井は、まだ信用がおけないという顔でいった。

3

和歌山県警は、県警の意地にかけて刑事を動員し、新宮と串本周辺の徹底的な聞き込みを始めた。

ホテル、旅館、ペンション、それに企業の保養所も片っ端から調べていった。有名ホテルなどは、刑事が出入りするので客が来なくなったと、文句をいうくらいだった。

それでも、正式な抗議にまで至らなかったのは、今度の事件がセンセーショナルで、誰もが知っていたからだろう。

中村が特に注目したのは、二度目の事件が起きた十一月四日から、三度目の事件があった十一月九日までの間の泊まり客だった。

彼には、その間、犯人が南紀にいたという固い信念があった。

捜査の範囲は、南紀全体に広げられ、何人かの泊まり客がマークされていった。

特に、十一月四日から九日まで、南紀にいた東京の人間である。犯人は、東京の地理にもくわしいはずなのだ。

三人の男の名前があがり、中村はその三人の周辺を徹底的に調べていった。その結果、一人のアリバイが確かめられ、容疑者は二人になった。

十一月十二日に新宮署で捜査会議が開かれ、そこで中村が、この二人の名前を、同席した十津川と亀井に教えてくれた。

会議室の黒板に、その男たちの名前が書かれていた。

野村《のむら》　貢《みつぐ》　三十歳
山下邦夫《やましたくにお》　二十七歳

「中村警部が、この二人について説明します」

と、捜査本部長が十津川にいった。

十津川と亀井は、ボールペンを取り出し、中村の言葉を待った。

中村は、メモを片手に立ち上がって、説明を始めた。

「野村は、那智勝浦の生まれで、地元の高校を卒業後上京し、東京のN大に入りましたが、二年のとき中退しています。その後、さまざまな職業を転々とし、現在は旅行作家という肩書で、雑誌に寄稿して生活しています。現在は、東京・世田谷区内のマンションに、ひとりで生活しています。十一月二日の午後、新宮市内のKホテルにチェック・インし、十一月五日まで、市内及び周辺を歩き廻っています。続いて彼は、十一月六日から九日まで、串本のRホテルに泊まっており、現在は白浜のSホテルに入っています。その間、なぜか、実家のある那智勝浦にだけは寄っていません。また、高校時代の友人とはほとんど交際がなく、彼が南紀に来ていることも知らなかったと、友人たちは証言しています。十一月四日と九日の二つの事件について、その時刻には、ホテルの中で原稿を書いていたといっていますが、証人はおりません」

中村はひと息つき、続いて、もう一人の山下について説明を行なった。

「山下は、和歌山市内の生まれで、市内の高校に入りましたが、二年のとき傷害事件を起こし、退学させられています。その後東京に行き、水商売に入りましたが、また傷害事件を起こし、一年間刑務所に入っています。いずれの場合も、女のことで起こした傷害事件です。出所したあと、今度は大阪で若い女を襲い、また逮捕されました。このとき、ナイフで女の顔に×印の傷をつけています。自分を裏切った報《むく》いだといってです。山下はそれで、また刑務所送りになりました。彼の実家は資産家で、二十六歳で出所した山下に金を出し、東京でバイクの販売店をやらせました。ところが、山下は店の経営は友人にまかせ、バイクで日本じゅうを走り廻る毎日を送っています。十一月四日には、バイクで新宮に来ていることが確認されています。十一月九日の事件のときは、白浜にいました。バイクを使えば、白浜から串本まで、一時間半で来られるはずです」

若い刑事が、二人の顔写真を、それぞれの名前の下に貼《は》りつけた。

「続けて三人も、若い女を殺した動機はわかっているんですか？」

と、亀井がきいた。

「今もいったように、山下は十代のころから凶暴《きようぼう》であり、二十代で女に乱暴を働いています。そのとき、女の顔にナイフで×印をつけ、逮捕した刑事に向かって、女の顔にナイフで×印をつけたとき、すごい快感を覚えたと、証言しているのです。そのときは額でなく、女の右頬《みぎほお》に×印の傷をつけたのですが、山下はその快感が忘れられず、今度の一連の事件を引き起こした、ということが考えられます」

「もう一人の野村の場合はどうですか？」

「彼の場合は、前科はありません。しかし、三十歳の今日まで結婚しないのは、何か理由があるに違いないと睨《にら》んでいるのです。写真を見ればわかりますがなかなかの美男子ですし、現代風な長身でもあります。女に好かれると思うのですが、これまでの調べでは、まったく女の匂いがしてこないのです。何かあると考えるほうが自然だと、私は思っています」

「この二人の訊問《じんもん》は、されたんですか？」

と、十津川がきいた。

中村は笑って、

「直接訊問するような、下手《へた》なことはしてません。犯人なら、用心させるだけですからね。二人の周辺を捜査すると同時に、しっかりと監視をつけてありますから、次の犯行に移れば、逮捕できると確信しています」

と、いった。

「どうやら山下邦夫のほうが本命のようだな」

と、本部長がいった。

「私もそう思っています」

「しかし殺人の前科はないわけでしょう？」

と、亀井がきいた。

中村は、強い眼で亀井を見てから、

「それは、逮捕されていないというだけのことです。若い女を殺して、その額にナイフで×印の傷を、つけているかもしれないのですよ」

「警視庁で、二人の東京での行動を調べましょう」

と、十津川が申し出ると、中村は小さく首を横に振って、

「ありがたいですが、すでにうちの刑事二人が東京に行き、野村と山下の行動と過去を調べています。その結果は、今日じゅうに報告されてくるはずなので、何かわかればお知らせしますよ」

と、いった。自信満々ないい方だった。

その言葉どおり、その日の夜、十津川と亀井は、また新宮署に呼ばれて、中村の話を聞くことになった。

「まず、野村貢について、面白いことがわかりましたので、お知らせします」

中村は、得意げに十津川にいった。

十津川と亀井は、黙って彼の話を拝聴することにした。

「野村と、半年間つき合っていた女がいます。新宿のクラブで働くホステスなんですが、うちの刑事が彼女に会って聞いたところでは、どうやら野村は不能者のようなのです。さらに、彼女が面白いことをいっていたというのです。彼女は三十二歳で、世慣れているので、野村がインポでも別にかまわないと思っていたのだが、野村自身はやたらに気にしていて、特に二十代の若い女に対しては、相手がちょっとでもバカにしたような態度を示すと、物凄く怒ったということです。これはまだ確認していませんが、二十歳前後の女が何かのとき、野村の悪口をいったところ、彼はカッとして傍にあった果物ナイフをつかんで、その女性を刺そうとしたということです。特別に激しい悪口をいったわけではなく、セックスについて冗談をいっただけだというのにです。つまり、野村はそれだけ、必要以上に他人の口、それも若い女の口を気にしていたことになります」

「果物ナイフで刺そうとしたときは、実際に刺したんですか？」

と、十津川がきいた。

「いや、そのときは傍にいた人があわてて止めたので、事なきを得たようですが、刺されかけた女性は、野村という人は頭がおかしいんじゃないのと、いっているようです」

「山下邦夫については、新しい発見はないんですか？」

と、亀井がきいた。

「一つ、新しくわかったことがあります。彼がナイフで顔に傷をつけた女性ですが、うちの刑事が彼女に会ってきました。頬の傷は整形手術をしたにもかかわらず、まだ痕《あと》が残っていたそうです。そして、彼女が切られたとき、二十一歳だったことがわかりました。ＯＬです」

「名前のイニシアルは、Ｙ・Ｈだったんですか？」

と、亀井がきいた。

「残念ながら、彼女の名前は河西《かさい》みどりで、Y・Hではありません」

「すると、頬を切られた女性と、今度の事件の被害者との共通点は、年齢とOLという二点だけですね？」

亀井は、念を押すようにいった。

中村は、それを批判と受け止めたのか、むっとした表情になって、

「二つも一致点があれば、十分に注目すべきだと思いますがねえ。それに、彼女を傷つけたあと、山下はまた二十一歳のOLに対して、乱暴を働いたかもしれないし、その女の名前がY・Hということだって十分に考えられますよ。名前がY・H、二十一歳のOLという女性から、バカにされて刺した。それが彼の胸にずっと残っていて、新しく眼の前に現われた女がその条件を満たすと、怒りが芽生えて、残忍な殺し方をするということかもしれません」

「なるほど」

と、十津川が肯《うなず》いた。

「今のところ、山下邦夫のほうが容疑が濃いと思っていますが、野村貢も捨て切れないと思っています。三件の被害者が乳房を剝《む》き出しにされて、刺殺されながら、暴行

の痕がないということは、不能者の野村の可能性も強いですから」

と、中村はいった。

「今、二人は何処にいるんですか？」

と、十津川はきいた。

「今日現在、面白いことに、二人とも白浜にいます。泊まっているホテルは別ですが」

「監視に気づいている、ということはありませんか？」

亀井がきくと、中村は胸を張って、

「うちの刑事は、そんなヘマはしませんよ」

と、いった。

4

中村警部の自信満々の言葉を聞いて、ホテルに戻ると、留守の間に東京の西本刑事から電話が入ったと、教えられた。

十津川が、部屋の電話で連絡をとると、西本が、

「妙な手紙が、捜査本部に来ています」

と、いう。

「今度の事件に、関係があるのかね？」

「内容はありますが、本物かどうかわかりません。差出人の名前はなく、宛先は連続ＯＬ殺人事件捜査本部長宛になっています」

「それで？」

「中身は便箋《びんせん》一枚で、封筒と同じく、ワープロで書かれています。それを読みます。『心せよ！　近く紀勢本線のＫで、第四の殺人が行なわれる』。これだけです」

「今、書き取るよ」

と、十津川はボールペンを取り出した。

〈心せよ！　近く　紀勢本線のＫで　第四の殺人が行なわれる〉

と、十津川は手帳にメモした。

「封筒の消印は、どうなっているんだ？」

「それが、白浜の郵便局の消印で、昨日の十二時から十八時の間になっています」

「白浜の郵便局？」

「そうです」

「念のために、その封筒と便箋をファクシミリで、こちらに送ってくれないか」

と、十津川はいい、このホテルのファクシミリの番号をきいて教えた。

もちろん、その内容をホテルの人間には知られたくないので、亀井が機械の前に頑張っていて、送られてきたものを、すぐ十津川のところへ持ってきた。

電話で聞いたことが、実際に字で示されると、また感じが違ってくる。それだけの重みを持って、迫ってくるからである。

「カメさんは、どう思うね？」

と、十津川はまず、亀井の意見をきいた。

亀井は、すぐには返事をせず、しばらく送られてきたものを見ていたが、

「白浜から送ったというのが、気になりますね。東京で出されたものなら、悪戯の可能性が高いと思うんですが」

と、いった。

「犯人の手紙の可能性は、五〇パーセントか？」

「いえ、もう少し高いと思います」

と、亀井はいう。

十津川は、新宮署の中村に電話をかけ、同じものが届いていないかどうか、聞いてみた。

「いや、こちらには来ていませんよ」

と、中村はいい、すぐ、

「とにかく、見せていただきたい」

と、続けた。

中村はパトカーで飛んできた。ホテルのロビーで十津川に渡された封筒と、手紙のコピーに眼を走らせると、小さな唸《うな》り声をあげた。

「この消印の郵便局は、白浜町にあります。とにかく、例の二人が、昨日郵便を出しに出かけたかどうか、調べてみます。出かけたほうが少なくとも、この予告状の差出人ということになりますから」

と、中村はいった。

「この予告状をどう思いますか？　本物と思いますか？　それとも悪戯？」

と、十津川はきいた。

「個人的な意見ですが、本物と思いますね」

中村は、眼を光らせていった。

「それでは、この手紙のとおり、近日中に犯人が四人目の女を殺そうとすると思うんですか？」

「そうです。例の容疑者は、二人とも白浜にいますからね」

「紀勢本線のKという地点が何処か、わかりますか？」

亀井がきくと、中村は急に難しい顔になった。

「イニシアルがKの駅や、場所というのは、やたらに多いんですよ」

「串本もKですね」

「ほかに、紀勢本線の駅には、紀伊《きい》××というのが多いんですよ。イニシアルは全部、Kになってしまいます」

中村は、そういう駅名を次々にあげてみせた。

紀三井寺《きみいでら》、紀伊日置《ひき》、紀伊佐野《さの》、紀伊宮原《みやはら》、紀伊有田《ありた》、紀伊井田《いだ》、紀伊由良《ゆら》、紀伊姫《ひめ》、紀伊市木《いちぎ》、紀伊内原《うちはら》、紀伊長島《ながしま》、紀伊田辺《たなべ》、紀伊浦神《うらがみ》、紀伊新庄《しんじょう》、紀伊勝浦《かつうら》、紀伊富田《とんだ》、紀伊天満《てんま》。

「こりゃあ、大変だ」

と、亀井が声をあげた。

「そうでしょう。これに串本や熊野《くまの》市なども含めれば、大変な数になってしまいます」

「それを知っていて、この手紙の主は、Kと書いてきたのかもしれませんね。警察が、

Kを何処と特定できないのを承知で」

と、十津川がいうと、中村は、

「だから、よけい、この予告状が本物に思えてきます。これから戻って、例の二人の

昨日の行動を調べてみます。郵便を出しに、ホテルを出たかどうかです」

と、中村はいい、急いで戻っていった。

だが、三十分ほどして、中村が落胆した声で電話をかけてきた。

「二人を監視した刑事たちにきいてみたんですが、野村も山下も、外出はしても、郵

便局には寄っていないといっているのです。ポストに投函した気配もないのですよ」

「すると、二人ともこの予告状の犯人ではない、ということになりますね？」

と、十津川はいった。

「ところが、そう断定もできないんですよ」

「なぜですか？」

「実は、二人の泊まっているホテルには、ロビーに郵便ポストが設けられていて、郵

便局員が集めに来ているのです。これでは、二人のどちらかが、投函したとしてもわからないのですよ」

「なるほどねえ。ホテルの中にポストがあるわけですか」

と、十津川はいった。

これでは、二人のどちらが予告状を出したかの判断はつかないし、二人とも出さなかったかもしれないのだ。

「ワープロはどうですか？　二人がワープロを持っているかどうかわかれば、予告状の主かどうかの、判断がつくんじゃありませんか？」

と、十津川はきいた。

「それも、うまくいきません」

「しかし、ワープロの機械をさげて、ホテルに入ったかどうかはわかりませんか？　ホテルで借りたとすれば、それもわかるはずですが」

「そちらからお借りした手紙の文字を調べたんですが、ハンディタイプの、小さなワープロが使われたとわかりました。単行本の大きさですから、持っていても外からはわかりません」

「そうですか――」

十津川も、溜息をついた。

ここでは和歌山県警の主導で、捜査が進められているにしろ、一刻も早く、解決の手掛かりがほしかったからである。もし、このままで四人目の犠牲者が出てしまえば、和歌山県警が批判されるだけでなく、日本の警察全体が、批判にさらされることになるだろう。

十津川は電話が切れると、亀井に向かって、

「うまくいかなかったそうだよ」

と、いって、中村の話を伝えた。

「そうですか。ホテルの中に郵便ポストがありましたか」

亀井は、感心したようにいった。

「野村と山下のうちの一人が犯人だとしたら、間違いなく、ロビーの郵便ポストに投函しているね」

「中村警部は、犯人をどちらかに限定できなくて、がっかりしているでしょうね？」

「そうだろうね。だが、あの二人のうちのどちらかが犯人だという確信は、いっそう強くなったんじゃないかね。なにしろ、容疑者が二人とも白浜のホテルに泊まっていて、その白浜から、犯人と思われる人間が、第四の犯行を予告する手紙を警視庁に送

りつけているんだからね」

「なるほど。そう思いたい気持ちは、よくわかりますね」

と、亀井も肯いた。

「だから、たぶん、野村と山下の二人を監視していれば、第四の殺人が防げるし、犯人を逮捕できると、確信しているはずだよ」

と、十津川はいった。

「もし、この二人が犯人でなかったら、大変なことになりますね」

亀井が眉を寄せた。

「といって、私とカメさんの二人だけでは、紀勢本線のKで始まる駅や町に、張り込むわけにはいかないよ。なにしろ、中村警部のいうとおり、Kで始まる駅だけでも、あんなにたくさんあるんだからね」

「西本刑事たちを、東京から呼び寄せますか？」

と、亀井がいう。

「ここは和歌山県だよ。他所者《よそもの》のわれわれが、勝手に捜査はできないよ」

と、十津川はいった。

「それでは、これからどうしますか？」

「そうだな。白浜へ行ってみないかね？　あの二人が犯人であるにしろ、別の人間が犯人にしろ、昨日、白浜に犯人がいたことは、間違いないわけだからね」

「いいですね。行ってみましょう」

と、亀井も同意した。

5

翌朝、十津川と亀井はホテルを出て、串本駅に向かった。

さすがに南紀で、まだ晩秋の暖かさである。陽光が東京より明るいのだ。

午前九時五一分発の「スーパーくろしお８号」に乗った。乗車率は四〇パーセントくらいだろう。やはり、今は観光シーズンを外れているのである。

一〇時四九分に白浜着。

関西の熱海《あたみ》、という言葉を聞いていたので、賑《にぎ》やかな駅前の景色を、想像していたのだが、実際に降りてみると、勝手が違っていた。

白浜駅は、海岸からかなり離れた場所に作られている。

一方、白浜の温泉は海岸沿いにあるので、駅から離れているのだ。

白浜駅はそのため、温泉郷へのバス、タクシーの発着場としての機能だけが強く、町の入口とか、中心という感じはない。

駅の前には小さな商店街があり、食堂などもあるのだが、これは駅の前だけで、その向こうはもう林や畠で、温泉郷に向かう道路が伸びているだけである。

「熱海に比べると、ずいぶん小さな駅ですね」

と、亀井は感心したようにいった。

「中村警部は、白浜町の近くのホテルだといっていたね」

「そこへ行ってみますか」

と亀井が応じ、二人は駅前からタクシーに乗った。

運転手にきくと、白浜町は白浜温泉の中心に近いところで、ホテルがいくつもその周辺に建っているという。

タクシーは駅前を離れるとすぐ、山間《やまあい》の道路という感じの道を走る。十五、六分も走ると海に出た。

やがて、海沿いにホテルが林立している景色に変わった。その中には、高層マンションも混じっている。

大企業の海の家や寮が、ひとかたまりになって、一つの区域を作っていたりする。

男が、そっくりその条件に合致します。南紀の生まれで、東京で生活し、現在、故郷に戻っている」

「もちろん、野村と山下という二人の男のどちらかが、犯人ということも考えられるよ」

と、十津川はいった。

「それでも、かまいませんが――」

「かまいませんが、何だい？」

「今度の事件が、中村警部のいわれるように、簡単に解決できるとは、とても思えないのですよ」

と、亀井はいった。

「しかしカメさんも、あの予告状は本物だと思っているんだろう？」

と、十津川はきいた。

彼の視線の先に釣り人が一人いた。堤防の突端に腰を下ろして、さっきからのんびりと釣り糸を垂れているのだ。

「そうです。本物だと思っています。勘ですが。今度の事件の犯人が、書いたものだと思います」

と、亀井はいった。彼の眼も自然に釣り人に向いている。

「それなら、犯人はこの白浜に来てるんだよ」

「そうです。たしかに、ここに来ています。あっ、何か釣れましたよ」

と、亀井が急に大きな声をあげた。

突端に腰を下ろした釣り人が、何か釣りあげたのだ。

「カメさんも見ていたのか」

「ええ。さっきから羨《うらや》ましいなと思って、見ていたんです。いいですねえ。シーズン・オフの温泉地に来て、のんびりと釣りをしているというのは」

亀井は、本当に羨ましそうな声をあげた。

「地元の人かな？　それとも遊びに来ている人だろうか？」

十津川がいう。事件のことから、急に眼の先にいる釣り人に、話題が移ってしまった。事件のことばかり考えつづけることに、疲れてしまったのかもしれない。

「寒さよけの服も、長靴も、真新しいですからね。地元の人間じゃないんでしょう」

と、亀井がいった。

「年齢は、われわれと同じくらいかな」

「そうですね、四十代でしょう。今度の事件の犯人じゃありませんね」

「え？」

と、十津川がびっくりしたのは、釣り人と事件を結びつけて考えていなかったからである。亀井はそんな十津川の気持ちにはおかまいなしに、

「ひょっとして、犯人かもしれないなと思ったんです」

「なぜだい？」

「白浜は、ちょっと見ただけでも、海釣りのポイントがたくさんあります。だから、釣りに来ているというのは、カムフラージュとしていちばんいいなと、思ったんですよ」

「カメさんには、やはり脱帽するよ。私は全然、事件と無関係に見てたんだ」

十津川が賞《ほ》めると、亀井は照れた顔になった。

「つまり、私は余裕がないんですよ」

と、いった。

急に、傍で車の停まる音がして、

「十津川さん」

と、聞き覚えのある声に呼ばれて、振り向くと、車の窓を開けて、中村警部が呼んでいた。

中村が手招きしているので、十津川と亀井は、その車に乗り込んだ。

「なぜ、白浜に来られたんですか？」

と、中村がきいた。

「例の手紙のせいですよ。なぜ、犯人が白浜からわざわざ東京の警視庁宛に、あんな予告状を書いたのかと思いましてね。一度、白浜を見たいと思ったんです」

十津川がいうと、中村はあっさりと、

「それは、犯人が白浜に来ているからでしょう。容疑者は、二人ともここに来ていますからね」

と、いい、十津川と亀井を近くのホテルに案内してくれた。

観光地のホテルは、年々豪華に、巨大化しているが、この「シー・モア」というホテルも大きかった。

広いロビーに腰を下ろすと、まず亀井が、

「例の容疑者が、このホテルに泊まっているということは、ないんでしょうね？」

と、心配してきいた。中村は笑って、

「ここに泊まっていたら、ご案内しませんよ」

と、いい、二人が泊まっているホテルの名前を教えてくれた。

「白浜におられるんなら、このホテルは恰好《かっこう》ですよ。部屋にご希望がありますか？」

と、中村がきいた。

「海の見える部屋がいいですね」

と、十津川はいった。

中村がフロントにいって、十津川と亀井は、十階にある海側の部屋に案内された。

窓から、真っ青な海と、このホテルが持っている海中展望塔が見えた。五、六十メートル離れた場所に、海中に向かって作られた展望塔で、ホテルから長い桟橋《さんばし》が伸びている。

若い五、六人の男女が、何か話しながら、その桟橋を歩いていくのが見える。

二人は、ひと休みしてからエレベーターでロビーに降りていった。もう一度、白浜の中を歩いてみたいと思ったのだ。

二人がロビーに降りたとき、釣り人姿の男が入ってきた。

「あれ？」

と、十津川が思ったのは、その男がさっき、堤防のところで見た釣り人だったからである。

やはり、四十五、六歳と見える男だった。男は、フロントに釣り道具を預けて、エレベーターのほうに歩いていった。

「堤防にいた男ですね」

と、亀井がいった。

「ああ。われわれのように、殺伐《さつばつ》とした事件を追いかけて白浜に来る人間もいれば、のんびりと、釣りを楽しみに来ている人間もいるんだねえ」

十津川は、憮然《ぶぜん》とした顔でいった。

十津川はホテルを出た。が、亀井がついてこない。どうしたのかなと思いながら、待っていると、亀井は駈け寄ってきて、

「フロントで聞いてきましたよ」

と、息を弾《はず》ませていった。

「何をだね？」

「あの釣り人のことですよ。東京の人間で、宿泊カードに書かれた名前は、小野田悟《おのださとる》です。年齢は、四十六歳」

と、亀井は報告した。

「ほう。東京の人間か」

歩き出しながら、十津川が肯く。

二人は、海沿いの道を、さっきの白良浜とは逆の方向に歩いていった。

風もほとんどなく、眠くなるような暖かさだった。

「この白浜は、紀伊白浜とはいわないのかね？」

ふと、十津川がいった。

「普通は、南紀白浜じゃありませんか」

「南紀白浜という言葉は、よく聞くね。そうだとすると、白浜は、予告状にあったKには該当しないのか」

「警部は、四回目の事件はこの白浜で起きると、お考えなんですか？」

と、亀井がきいた。

「いや、何となく考えただけでね。Kに該当しなければ、無視していいだろう」

と、十津川はいった。

しばらく、二人は歩き、千畳敷《せんじょうじき》という看板を見て、道を右に折れてみた。

海に面して、広く平らな岩盤が、幾重《いくえ》にも重なっている場所に出た。これが千畳敷というのだろう。

（近日中というのは、いつのことを犯人は考えているのだろうか？）

と、十津川は思った。

第三章　予定外の殺人

1

十津川と亀井は歩き疲れて、ホテル「シー・モア」に戻った。

ホテルでの夕食のあと、亀井はちょっと外の空気を吸ってきますといって、出ていった。

十津川は一人になると、例の手紙を取り出して、短い文章を何度も読み返した。

問題は、三つある。

次に殺されるのは誰か？

それは何時《いつ》か？

そして、場所のKはどこを示しているのか？

これがわかれば、もちろん犯人を逮捕できるわけだが、なんとか推理できるのは、第二の点だけである。

今まで三人の女性が殺されたが、すべて二十一歳、名前のイニシアルはY・H、そしてOLである。四人目の犠牲者が出るとしても、おそらく、この三つの共通点は変わらないのではないかという気がするのだ。

もし、犯人の指定したKが、人口何百人という小さな町だったら、この三点に合致する女性を見つけ出して、彼女をガードすることも、犯人をおびき寄せて捕《とら》えることも、可能だろう。

だが、残念ながら、Kがどこか、いまだにわからないのだ。

十津川は手紙を脇へどけ、南紀の地図を広げた。

十津川が、今度の事件について疑問に思っていることの一つは、犯人の南紀に対する執着だった。

第一の事件は東京で起きたが、第二、第三の殺人はいずれも南紀で起きているし、次の殺人も、紀勢本線のKでと、予告状には書かれているからである。

地元の中村警部は、それを犯人が南紀の人間のためだろうと考え、二人の容疑者をあげている。

はたして、あの二人のどちらかが犯人なのだろうか？　それに、犯人が南紀に執着するのは、南紀の生まれだからなのだろうか？

（ほかにも、理由はあるのでは、ないだろうか？）

それに、犯人が急に挑戦的になったのは、なぜなのか？

十津川が、さまざまな疑問に対して答えが見つからずにいらだっているとき、亀井が帰ってきた。

「あれは、ここの警察の張り切りすぎじゃありませんかね」

と、戻ってくるなり亀井はいった。

「何がだい？」

十津川は、地図から顔をあげてきいた。

「例の山下邦夫という男が泊まっているTホテルを、それとなく見てきたんですが、明らかに刑事とわかる男たちがうろうろしているんですよ。県警としては、なんとしてでも四人目の犠牲者は出すまい、その前に犯人を逮捕してしまえという気なんでしょうが、あれでは逆効果じゃありませんかねえ」

「もう一人の容疑者のほうも、そんな調子でやっているのかね？」

「野村貢の泊まっているSホテルのほうものぞいてみました。Tホテルほどではありませんが、刑事が張り込んでいました。二人が犯人だとしても、あれでは動きがとれずに、逮捕もできませんよ。まして犯人でなければ、あの二人にあんなに力を割《さ》くというのは、考えものだと思いますねえ」

と、亀井は心配そうにいった。

十津川も心配なのは、亀井のいう後者のほうだった。

山下邦夫、野村貢のどちらかが犯人ならば、過剰ともとれる監視も許されるだろう。たしかに、なによりも新しい犠牲者を出さないことが、大事だからである。

しかし、この二人が犯人でない場合は、過剰な監視はマイナスでしかない。真犯人の行動を自由にしてしまうからだ。

（心配が、杞憂《きゆう》に終わればいいが）

と、十津川は思った。

2

その夜、Tホテルの監視に当たっていた県警の刑事たちの間に、午後九時ごろ、急に山下邦夫が動き出したことで緊張が走った。

山下が自分の部屋から出て、ロビーに降りてきたのだ。

フロントに寄り、タクシーを呼んでほしいと頼んだ。

ロビーに張り込んでいた刑事の一人が、すぐトランシーバーを使って、ホテルの外の覆面パトカーにいる中村警部に連絡をとる。

中村も緊張した。酒を飲みに外出するとは思えなかったからである。白浜町の繁華街、というより飲み屋街は、Tホテルから歩いて七、八分のところだった。そこに、わざわざタクシーで行くとは思えない。

タクシーが来て、山下が乗り込んだ。

それを中村の乗った覆面パトカーが、尾行することになった。

山下の乗ったタクシーは、思ったとおり飲み屋街には行かず、海岸へ出て、海沿いの道路を千畳敷の方向に走っていく。

しかし、千畳敷も通り過ぎ、タクシーが停まったのは三段壁《さんだんべき》の近くだった。

三段壁は、五十メートルの断崖が続く白浜の名所である。危険だが、同時に景色がよく、磯釣りの場所でもあるので、昼間は観光客や釣り人が多い。

だが、夜、この場所を訪れる人はめったにない。

大きな月が出ていた。

山下が、タクシーを降りた場所は三段壁の断崖からは離れている。山下は、そこから、断崖の方向に、ゆるい下り坂の道を歩き出した。

「三段壁」の表示板が見え、右手に大きな土産物店がある。磯釣りの餌《えさ》なども売っている店だが、九時半を過ぎた今は、もちろん閉《し》まっていて暗かった。

街灯がついていて、その近くだけが明るくなっている。

そのへんまで来ると、海はすぐ傍で、断崖に打ち寄せる波の音が聞こえてくる。

「妙な所へ来ましたね」

と、吉田《よしだ》刑事が小声で中村にいった。

「女を呼び出したのかもしれん」

中村は、物かげから山下をじっと見つめたままいった。

山下は、街灯の下で腕時計を眺めている。

午後九時四十二分。たぶん、十時にでも待ち合わせたのだろうと、中村は思った。

「もし、女が現われて、山下が彼女に危害を加えようとしたら、直ちに逮捕だ」

と、傍にいる吉田刑事や島原《しまばら》刑事にいった。

山下は、煙草《たばこ》をくわえて火をつけ、ゆっくりと歩き出した。

断崖の近くまで行き、海面をのぞき込むようにしてから、また、街灯のところへ戻ってくる。明らかに人を待っているのだ。

「まもなく十時だ。油断するな」

と、中村がいった。

山下は、また腕時計を見ている。

吸《す》い殻《がら》を投げ捨てる。いらだっているのがわかった。

山下は、気持ちを静めるように二本目の煙草に火をつけ、再び断崖の方向へ歩いていった。

そのとき突然、銃声が左手の暗闇からひびき、山下が悲鳴をあげて、中村たちの眼の前で崩折れた。

左手に松林がある。銃声は、そちらから起きたのだ。

一瞬、中村は、眼の前で何が起きたのか、判断がつかなかった。

銃声がして、山下が倒れたのだが、それはあまりにも、中村の想像とはかけ離れた事態だったからである。

中村の想像の中では、山下は、三人の若い女を殺した恐るべき加害者だった。それが、被害者になる姿など想像外だったのだ。

山下は、倒れたまま呻《うめ》き声をあげている。

中村はわれに返ると、部下の刑事二人に、

「松林の中を見てこい！」

と、大声で命令し、自分は山下の傍に駈《か》け寄った。

山下の背中から、血が噴《ふ》き出している。

中村は、覆面パトカーに駈け寄ると、無線電話をわしづかみにして、

「救急車を寄越《よこ》してくれ！　場所は、三段壁のところだ！」

と、怒鳴った。

中村は、もう一度山下のところに戻った。

血は依然として流れ続けている。中村はハンカチでそれを押えようとしたが、止められなかった。

「しっかりしろ！　誰にやられたんだ？」

と、中村はきいた。

だが、山下は呻き声をあげるだけで、中村の質問に答えようとしない。動かしてはいけないと思いながら、中村は山下の身体を抱き起こすと、

「誰にやられたんだ？」

と、耳に顔を近づけるようにしてきいた。その声は聞こえたらしく、山下は眼をあ

けて中村を見た。

「わから――ない――」

と、かすれた声でいい、また眼を閉じてしまった。

二人の刑事が、松林から出てきた。

「誰も見つかりません」

と、吉田刑事がいった。

そのときになって、やっと遠くから救急車のサイレンが聞こえてきた。

3

山下は、白浜町の高台にある国立病院に運ばれた。だが、手術室に着いたときには、すでに出血多量で死亡していた。

吉田刑事と島原刑事の二人を中村は現場に残し、さらに周辺を調べるようにいっておいたのだが、依然として彼らは、銃を射《う》った人間も、その痕跡も見つけ出せなかった。

死体は解剖に廻された。その際、心臓の近くから弾丸が取り出された。三八口径の拳銃の弾丸と思われるものだった。

夜明け近くになっても、山下を射殺した犯人は、見つからなかった。

中村は、捜査本部長の井上《いのうえ》に報告するとともに、Sホテルの監視に当たっている刑事たちに連絡をとってみた。

野村も狙われたのかという恐れと、逆に野村が山下を射殺したのではないかという疑惑のためだった。

「野村は、五階の部屋にいます」

と、刑事の一人が無線電話に答えた。

「間違いなく、いるんだろうな？」

と、中村は念を押した。

「間違いありません。ずっと見張っていましたが、外に出た気配はありません」

「昨日の午後十時前後にも、間違いなく野村は、そのホテルにいたんだろうね？」

と、中村はきいた。

「確認してきます」

と、刑事はいい、七、八分間を置いてから、

「九時半ごろに、野村からルームサービスを求める電話があったそうで、九時五十分

に、彼の部屋にルーム係が、サンドイッチとコーヒー、それに果物を届けています」

「そのとき間違いなく、野村は部屋にいたのかね？」

「ルーム係は部屋に入り、野村にサインを貰っています」

「わかった。引き続き監視を続けてくれ」

と、中村はいった。

夜が明けてから、緊急の捜査会議が開かれた。

井上本部長は、中村に向かって、

「この事態を、君はどう考えるね？」

「正直にいって、戸惑っています。まさか、山下邦夫が射たれて死ぬとは、思ってもいませんでしたから」

「しかし、記者会見のとき、戸惑っているではすまないよ。たぶん、二つのことで答えを求められるはずだからだ。一つは、山下邦夫が殺されたことが、これまでの三件のOL殺しと関係があるかどうかだ。そして、第二は、もし関係があるのなら、どんな関係かということだよ」

と、井上本部長は厳しい表情でいった。

「関係は絶対にあると、私は思っています。無関係のはずがありません」

中村は、顔を赤くしていった。

「それはどんな関係だね？　山下邦夫を殺したのは、誰なんだ？」

「はっきりしたことはわかりませんが、一つだけ、考えられることはあります」

「どんな考えだね？」

「山下邦夫は、やはり連続殺人の犯人だったと、私は思っています」

「それで誰が、彼を殺したんだね？」

「おそらく、殺されたOL三人の家族の一人です」

「家族？」

「そうです。三人のOLの恋人か、兄か、父親か、あるいは姉か。いずれにしろ、その人物は、無残に殺されたOLの一人の仇《かたき》を討《う》ちに、犯人である山下を追いかけてきて、三段壁に呼び出して殺した。そう考えれば、辻褄《つじつま》は合います」

と、中村はいった。

「家族か恋人が、私刑《リンチ》を加えたというわけかね？」

「そうです。今までの三つの事件と関係があるとすれば、ほかに考えようはありません」

と、中村はいった。

「しかし、その人間、仮にXとするかね。そのXは、どうして山下邦夫が犯人だと知ったのかね？」

井上本部長が、当然の疑問を中村にぶつけた。

「われわれは、山下邦夫を容疑者として、あぶり出したんです。Xも、どんな方法を使ったのかわかりませんが、山下を見つけ出せたと思いますね。Xが東京で殺された長谷川弓子の家族か恋人なら、山下邦夫を見つけ出すのは難しいと思いますが、新宮で殺された原口ユキの関係者なら、意外に簡単だったということも考えられます」

「それを説明したまえ」

「原口ユキは、新宮でOLをしていました。そして、Xを彼女の恋人として、和歌山の人間とします」

中村は話しているうちに、しだいに自信を取り戻していった。自分の推理に、自信を持ってきたのだ。

中村は自分の推理について、井上本部長に説明を続けていった。

「山下邦夫も和歌山に生まれ、地元の高校に入りましたが、二年のとき傷害事件を起こして退学させられています。たとえば、Xが山下邦夫と高校時代の同窓生だとすれば、当然、山下のことをよく知っているわけです。新宮で、恋人の原口ユキが殺されたとき、反射的に山下邦夫のことを思い浮かべたとしても、おかしくはありません。そこでXは、山下邦夫の最近の動向を調べたんじゃないでしょうか？ 調べてみると、南紀に来ていたことがわかった。恋人を殺した犯人にちがいないと思い、昨夜、山下を三段壁に呼び出して、用意した拳銃で射殺したんじゃありませんか。Xが高校時代の友人なら、山下を呼び出す口実はいくらでもあったと思います」

「原口ユキの恋人の中に、それらしい人物はいるかね？」

と、井上本部長がきいた。

「原口ユキについて、簡単に調べたときには特定の恋人は、いない感じでした。つき合っている男の友だちは何人かいても、特定の恋人はいないということでしたが、あるいは周囲の人間が気がつかない恋人がいたんじゃないでしょうか。もう一度、徹底的に彼女の周辺を調べれば、特定の男が見つかるはずだと思っています」

中村は、自信を見せていった。

だが、井上本部長のほうは、中村ほど自信はもてないようだった。

「証拠がほしいね」

と、井上はいった。

「原口ユキの恋人が、実在するかどうかということですか？」

「その男が、山下邦夫を殺したという証拠だよ。それに、山下が連続殺人事件の犯人だという証拠もだ」

と、井上はいった。

「現在、原口ユキ周辺の調べ直しに行っています。それから山下の泊まっていた、Tホテルの部屋をこれから調べに行ってきたいと思っています。山下邦夫が殺された直後にTホテルを調べようと思ったんですが、彼は今のところ、犯人ではなく被害者なので、家族と連絡をとり、その許可を貰うのに時間がかかりました」

「山下の家族が来るのかね？」

「今日の午後に、両親がTホテルのほうに来ることになっていますので、その立ち合いの下に部屋を調べるつもりです」

と、中村はいった。

「山下の父親は、和歌山市の有力者だそうだね？」

「資産家で、弟は市会議員をやっています。まあ、両親が山下邦夫を甘やかしたことが、彼を連続殺人に走らせた要因の一つではないかと思っているんですが」

と、中村がいうと、井上はあわてて、

「山下の両親の前では、そんなことはおくびにも出してはいかんよ。今のところ、山下邦夫はただの容疑者だし、殺されてるんだからね。死者の悪口をいうのは、いちばんまずい」

「わかっています」

と、中村は笑っていった。

4

ホテル「シー・モア」に泊まっていた十津川と亀井が、山下邦夫の死を知ったのは、テレビのニュースでだった。県警のほうからの連絡がなかったのは、意外な事件の進展に当惑してしまい、十津川への連絡どころではなかったのだろう。

十津川自身も、山下邦夫が殺されたことは、驚きだった。

「どうなってるんですかねえ」

と、亀井もニュースを見たあとで、十津川にいった。

「問題は連続殺人事件と関係があるのか、ないのかということだね。おそらく、県警も同じことを考えていると思うがね」

「Tホテルへ行ってみますか?」

と、亀井がいった。

十津川は、肯《うなず》き、二人は部屋を出た。

Tホテルのロビーに入っていくと、制服の警官の姿が見えた。

エレベーターで、山下邦夫の泊まっていた部屋へ上がってみると、部屋の前にも制服の警官が立っていた。

二人が部屋をのぞくと、中村警部が部下の刑事たちを指揮して、部屋の中を調べている最中だった。

中村は、十津川たちに気づいて、廊下に出てきた。

「今、両親の許可を得て、山下邦夫の所持品を調べているところです」

と、中村はいってから、あわてて、

「連絡が遅れて申しわけありません。何しろ予期しないことで、真相をつかむことに精いっぱいでしたので」

と、弁明した。

十津川は微笑して、

「わかりますよ。戸惑われるのは当然です」

「あの部屋から、何か見つかればいいと思っているんですがねえ」

「何かというのは、山下邦夫が連続殺人の犯人だという証拠ですか？」

「そうです」

「見つかりそうですか？」

亀井がきいた。

「見つけたいですが、犯人だとすると、なおさら自分に不利なものは、部屋に置いてないでしょうからね。あまり、期待は持っていないのですよ」

と、中村は珍しく弱気ないい方をした。

「彼の両親から、話はきいたんですか？」

と、十津川がきいた。

「いや、まだです。何しろ両親も、今は動転しているところですからね。落ち着いたところで、息子さんの話をきこうと思っています。その前に、彼が犯人である証拠が摑めれば問題はないんですが」

中村は、部屋のほうに眼をやっていった。そのとき部下の刑事が彼を呼び、中村は、

「何か見つかったのかもしれません」

と、いい残して、部屋に飛び込んでいった。

十津川と亀井は、ロビーに降りて行き、そこで中村を待つことにした。

ロビーの隅には、五十代と思われる夫婦が、中年の男と何か真剣な表情で話し込んでいた。

夫婦者の夫のほうが、殺された山下邦夫によく似ているところを見ると、彼の両親だろう。

「二人が話しているのは、刑事じゃありませんね」

と、亀井がいった。

「山下邦夫に、連続殺人の容疑がかかっているというので、弁護士を連れてきたんじゃないのかね」

と、十津川はいった。

「そうだとすると、警察があの夫婦から話をきくのは、大変でしょうね。息子に不利なことは、弁護士が話させないでしょうから」

亀井が、心配そうにいった。

中村は、なかなかロビーに降りてこなかった。

何か重大なものが、部屋で見つかったのか、それとも、逆にこれといったものが見つからないので、もう一度調べ直しているのかの、どちらかだろう。

四十分ほどして、中村が一人でロビーに降りてきた。彼は十津川のところにやって

くると、

「ナイフが、見つかりました」

と、緊張した顔でいった。

「どんなナイフですか？」

「刃の部分が約十五センチのアメリカ製のナイフです。ボストンバッグの中にではなく、備え付けの冷蔵庫の中に、隠してあったんですよ。肉眼では血の痕《あと》はありませんでしたが、調べてみるつもりです。科学検査で反応が出るかもしれません」

「その結果は、教えてもらえますか？」

「もちろん、すぐ連絡しますよ」

と、中村は約束した。

十津川と亀井は、そのナイフが検査に廻される前に、見せてもらった。

たしかに、アメリカ製の軍用タイプのナイフである。日本でも市販されていて、若者がときどき持っていて、事件を起こすことがあるものだった。

十津川と亀井は、町の刃物屋へ行って、同じナイフを買った。一万円足らずの値段だった。

二人は自分のホテルに戻って、改めてそのナイフを眺めた。

「これで、三人の女を殺したのかね？」

十津川は、ナイフを手に取ってみた。ステンレスの刃は鈍く光っていて、よく切れそうだった。

「しかし、警部。山下はなぜ三段壁へ行ったとき、ナイフを持って行かなかったんですかね？　危険な相手に会うのに、おかしいと思いませんか？」

と、亀井は首をかしげた。

「そうだな。山下が、誰に会うために三段壁に行ったのか。その相手によって、ナイフを持って行かなかった理由も、自然にわかってくるんじゃないかね」

と、十津川はいった。

その日の夜、白浜警察署で、改めて捜査会議が開かれ、十津川と亀井も、呼ばれていった。

この会議の席で、中村警部が、問題のナイフについての検査結果を報告した。

中村は、興奮した面持ちで、

「科学検査をしたところ、問題のナイフから、微量ですがルミノール反応がありました。血液型はBで、新宮で殺された原口ユキの血液型も、Bであります。したがって、山下邦夫があのナイフを使って、原口ユキを殺した可能性があるはずです」

と、いった。

中村はそれに続けて、山下邦夫を殺したのは、原口ユキの恋人ではないかという推理を口にした。

「現在、もう一度、原口ユキの身辺を洗っています。必ず恋人がいるはずだと思っているし、その恋人はおそらく、昨夜殺された山下邦夫をよく知っている人物、高校の同窓生ではないかと考えています」

「もし、高校時代の同窓生だとすると、事件がうまく説明できるのかね？」

と、井上本部長がきいた。

「説明できます。誰もが不可解に思ったのは、山下邦夫が三段壁に、なぜナイフを持って行かなかったかということだと思いますが、彼を呼び出したのが高校時代の同窓生なら、納得できるんじゃありませんか？　何年ぶりかで会いたいといってきたので、油断して約束の場所に行ったということで」

中村は、得意げにいった。

「十津川警部は、何か意見がありますか？」

井上本部長が、十津川に眼をやった。

「東京で殺された長谷川弓子の血液型はA型ですが、もう一人、串本で殺された平山八重の血液型はなんだったんですか？」

と、十津川はきいた。

中村は、ニッコリして、

「平山八重の血液型も、B型でした。これがほかの血液型ですと、山下はもう一本ナイフを持っていないとおかしいことになりますが、同一型なのでほっとしているのです。ナイフから検出された血は、原口ユキのものか、あるいは平山八重のものかわかりませんが、どちらにしろ、犯人である可能性に変わりはないわけです。殺しのたびにナイフは洗っているでしょうから、可能性としては三人目の平山八重の血と見るべきでしょうが、原口ユキのものが残っていても、おかしくはありません。一番目の長谷川弓子はA型だということですが、ナイフは三度洗われているとすれば、A型の血痕が検出されなかったとしても、当然だと思いますね」

「なるほど。よくわかりました」

と、十津川は肯いた。

「あとは、原口ユキの恋人を見つけることですが、これも必ず見つかると思っています」

中村は、自信にあふれた声でいった。

「ところで、もう一人の容疑者、野村貢はどうなるんですか？」

と、亀井がきいた。

中村は首をすくめて、

「山下邦夫が犯人となれば、野村は関係ありません。監視を解くつもりでいます」

と、いった。

5

事実、その夜のうちに、Sホテルで野村の監視に当たっていた県警の刑事たちは、引き揚げることになった。

翌日の朝刊には、三段壁の事件がくわしく掲載された。

もちろん、まだ山下邦夫は連続殺人事件の犯人だという証拠が見つかったわけではないので、決めつける記事ではない。

山下の泊まっているホテルの部屋の冷蔵庫から、ナイフが見つかり、そこからB型の血液が検出されたことも、事実として報道された。

〈警察は殺された山下さんが、過去に何らかの事件に関係していたのではないかという疑いを持っている〉

記事は、そんな表現になっていた。しかし、白浜ではこのところ例の連続殺人事件のことで持ち切りだったから、新聞を読む人間は十人が十人とも、「何らかの事件」というのを、連続殺人事件に結びつけて考えるにちがいなかった。

昼ごろになって、中村が、ホテルにやってきた。

「原口ユキの恋人がわかりました」

と、中村がいった。

「やはり、山下と高校が同窓でしたか？」

「残念ながら、同窓ではありませんでした。しかし、同じ和歌山市内の高校を出ています。同じ年齢ですから、対校試合などを通じて山下を知っていた可能性は、大いにありえるんです」

「今、どこで何をしているか、わかっているんですか？」

と、十津川がきいた。

「名前は水谷剛《みずたにつよし》で、山下と同じ二十七歳です。大学は大阪で、サラリーマンを二年したあと、和歌山に戻って地元の会社に転職しました。その会社は新宮に支店があり、その支店に来たとき、原口ユキと知り合ったようです」

「現在も、その水谷という男は和歌山にいるんですか？」

「和歌山市内のマンション住まいです」

「アリバイは？」

「和歌山署の刑事が調べてくれましたが、事件の日は午後五時にいつものとおり、会社から帰ったといっているようです。その後、マンションに一人でいたといっているそうです」

「つまり、アリバイは、ないということですか？」

「そうです。それに車を持っていますから、列車がなくなっても、三段壁から和歌山に戻れたことになります。したがって、翌日きちんと出社していますが、それがアリバイの証明にはなりません」

「山下殺しの凶器ですが、水谷という男が、拳銃を入手するチャンスは、あったわけですか？」

「それですが、水谷が出た高校の先輩に、和歌山の暴力団に入った者がいます。この暴力団は武闘派として有名で、拳銃の密輸にも手を出しています。したがって、拳銃入手のチャンスはあったと思いますね」

「その先輩と、水谷は知り合いだったんですか？」

と、中村はいった。

「そこはわかりませんが、野球部の先輩・後輩ではあります」

「山下邦夫の両親から、話はききましたか？」

と、亀井がきいた。

「一応ききましたが、なにしろ息子が殺された直後ですからね。本音というのは、どうしてもきけません。それでも山下が、あの家族にとって重荷だったことはわかりました。そのくせ、その一方であの両親は山下を溺愛《できあい》していたわけですが」

「連続殺人事件のことは、話したんですか？」

「ええ。話しましたよ」

「両親の反応は、どうでした？」

と、十津川はきいた。

「もちろん親ですから、息子がそんな恐ろしい事件に関係していると思わないといっていますよ。まあ、当然でしょうね」

「山下が白浜にいた理由は、何だったんですかね？」

「そのことは、両親も知らないといっています。われわれは、山下が連続殺人事件の犯人と思っていますから、白浜にいたのは第四の殺人を犯そうとしていたからだと考えますがね」

と、中村はいった。

中村の話し方は、依然として自信にあふれている。亀井がそれに反撥《はんぱつ》するように、

「県警では、今度の一連の事件をどう収束するつもりでおられるんですか？」

と、きいた。

「連続ＯＬ殺人事件は、犯人の山下邦夫が殺されたことで、自動的に終わったと思っています。あとは、山下殺しを水谷剛に自供させることが残っています。これは、水谷の事件当夜の行動を徹底的に調べれば、アリバイは崩せると確信しています。拳銃のルートから攻めていくことも、可能ですしね」

と、中村はいった。

彼が帰ると、亀井は当惑した表情で十津川を見た。

「本当に、これですべて解決したんですかねえ」

「県警としては、これで解決したことにしたいだろうね。しかし、山下邦夫にしても、犯人であることが証明されたわけじゃない。ナイフについていた血痕にしても、Ｂ型

の血液型の人間は多いし、酔ってケンカをして、相手を傷つけたときのものかもしれない。ナイフを山下が護身用に持っていた可能性が強いからね」

と、十津川はいった。

「例の犯人からの予告の手紙のほうも、はっきりしませんね」

と、亀井がいった。

「そうなんだ。あれはワープロで書かれていたが、山下はワープロを持っていなかったそうだからね。もちろん、白浜のTホテルに来る前に、どこかでワープロを打っておいたのなら別だがね」

「あの中村警部は、何といいますかね？」

「たぶん、連続殺人事件とは関係のない人間が悪戯《いたずら》に書いて、送りつけたものだと考えるだろうね。その可能性はゼロじゃないからね」

と、十津川はいった。

6

県警は、水谷剛という、原口ユキの恋人を必死に追いかけている。

山下邦夫が殺された夜、必ず水谷は三段壁に来ているはずである。どこかに目撃者がいるにちがいない。その前提に立って中村警部たちは、和歌山から白浜の三段壁までの間の聞き込みに当たった。

水谷が車で来たとすれば、途中のガソリンスタンドへ寄ったかもしれない。急いで走って、小さな事故を起こしているかもわからない。県警はそうしたことで、水谷の足跡が摑めればいいと考えているようだった。

十津川と亀井は、じっとそれを見守りながら複雑な気持ちだった。

南紀での捜査に、十津川としては口を挟むことはできない。

ただ県警が、連続殺人事件が解決したようにいっているのには、当惑していた。解決しなければならないことが、まだたくさんあると思っていたからである。

山下邦夫は犯人かもしれない。だが犯人だとしたら、なぜ彼は二十一歳で、Y・HのイニシアルのOLばかり狙ったのだろうか？　ただの偶然とは、十津川には思えないのだが、県警はすっかりその三つを無視してしまっているように見えるのだ。

山下邦夫が殺されてから三日目の朝、十津川と亀井は、また白浜の三段壁へ行ってみた。

「今、連続殺人事件の真犯人はどうしているかね」

と、十津川は暗い眼つきになっていった。

雲が切れて、陽《ひ》が射《さ》してきた。

十津川は一瞬、眼を閉じた。眩《まぶ》しさもあったが、恐ろしい予感が彼の眼を閉じさせたのだ。

「あの予告状は、まだ生きているんだよ」

と、十津川はいった。

「近日中に、第四の殺人が行なわれるという予告ですね」

「真犯人が、山下邦夫とも野村貢とも思われないからね。必ず指定した紀勢本線のKで、四人目を殺すだろう。それなのに、こっちは真犯人の輪郭さえ摑めていないんだ」

十津川は、口惜しそうにいった。

「Kがどこか、四人目の犠牲者が誰かも、わかりません」

と、亀井もいった。

「ただ、一つ不思議なのは近くと予告状に書きながら、まだ第四の事件を起こしていないことだよ。第一と第二の間に一週間あけたのに、第三の事件との間には五日間しかなかった。それなのに、今度はすでに七日間が過ぎている」

「なにか、じっと待っている感じですね」

と、亀井がいった。

「突然、山下邦夫が殺されてしまったので、その波紋がどうなるか見守っているのだろうか？」

十津川は、自問する口調で呟《つぶや》いた。

「それとも、第四の獲物がなかなか見つからずにいるんでしょうか？」

と、亀井がいった。

「獲物が？」

「ええ。犯人がどんな規準を持っているのか知りませんが、今までイニシアルがY・H、二十一歳、OLの三人を殺していました。それに一致する女性が見つからずにいるということは、考えられませんか？」

と、亀井がいった。

「なるほど。面白い見方だと思うよ。今までは簡単に見つかったが、犯人の指定したKでは、簡単に見つからないのかもしれないな。それならわれわれの準備ができるまで、見つからずにいてくれるといいんだがね」

と、十津川はいった。

二人がホテル「シー・モア」に戻ると、フロント係が、

「東京から、お電話が入っています」

と、いった。

電話は、西本刑事からだった。

「また、例の手紙が届いています。速達です」

と、西本は緊張した声でいった。

「消印は、白浜かね？」

「そうです。昨日の日付です」

と、西本はいった。

「内容をいってくれ」

と、十津川はいった。

「便箋一枚に、前と同じようにワープロで打たれています。今、ファックスで送ります」

と、西本はいった。

ホテルのファクシミリに送られてきたものを、十津川と亀井は二人で見た。

〈心せよ！　第四の殺人は十一月十九日に紀勢本線のKで行なわれる〉

「十一月十九日は月曜日です」

と、亀井がカレンダーに、眼をやっていった。

「今度は一日遅れか」

「それに、月日を指定してきましたね」

「この犯人は白浜で山下邦夫が殺されたニュースを見てから、この予告状を書いていることになる」

「中村警部に連絡しますか？」

「ああ、すぐ知らせよう」

と、十津川はいった。

十津川が電話をかけると、中村はやってきた。が、予告の文章を見ても、さほど驚きは見せなかった。

「どうも、うさん臭いですね」

と、中村は肩をすくめるようにした。

「真犯人ではないと、いうことですか？」

十津川がきいた。

「そうです」

「なぜですか?」

「三人目まで何の予告もなしに殺しているのに、突然、予告してきているのも変ですし、急に間が空きだしたのも、おかしいと思うのですよ。それに、二度も白浜から手紙を出しているのも変です。十九日といえば三日後でしょう。Kに移動していなければならない。白浜はKにはなりませんからね」

と、中村はいった。

「すると、第三者の悪戯と見るわけですか?」

「そう思いますがねえ。県警としてはあくまでも、山下邦夫が連続殺人事件の犯人と見ているんです」

「しかし、それが間違っていたら大変なことになりますよ」

と、十津川は脅《おど》かした。

しかし、中村は、あまり気乗りのしない顔で、

「いちおう警戒はしますが、Kの場所は多いですからねえ」

と、いった。

第四章　紀伊田辺《きいたなべ》

1

不安なまま、時間だけが過ぎていく。こんなときがいちばん危険なのだ。

少しでも犯人の動きの予想がつき、こちらが動いていれば、そのことが犯人を牽制《けんせい》する役に立つのだが、今度の場合のように、打つ手がわからなくて、こちらがただ手をこまねいているのでは、犯人は自由に動き廻ることができる。

そのうえ悪いことに、マスコミが、今度の一連の事件を急に取り上げはじめたのだ。

十津川は予告の手紙は、パニックを起こす恐れがあると考えて公表しなかったのだが、どうやら犯人は各新聞社にも送りつけたらしく、新聞が書き立てた。

それもセンセーショナルにである。

テレビが、それに輪をかけた大げさな形で取り上げた。

今までに殺された三人の女性の顔写真を出し、そのうえ家族の悲しみの声まで流したテレビもある。

最後に、決まって「次に殺されるのは、あなたかもしれない」式の脅《おど》しの文句で、結ばれるのだ。それがもっとも、視聴率があがると思ったのだろう。

過去の三人の経歴と共通点をあげ、十九日に殺される女性を推理するということも、当然、番組の中でやっている。

中には紀勢本線のKを、紀伊田辺と予想した番組もあった。

紀勢本線で、新宮、串本と来て、次は紀伊田辺に違いないというのである。

ほかにも紀伊にKのつく町は多いが、新宮、串本に続く大きな町となると、紀伊田辺というのが、その理由らしい。

「大胆に予測しますと、次に狙われるのは紀伊田辺の町に住む二十一歳のOLで、名前のイニシアルがY・Hの女性ということになります。この条件に合う若い娘さん、十九日はくれぐれも注意してください。どうやらこの一連の事件の犯人は、異常者に思えるからです」

と、このテレビのニュース・キャスターは、大きな声で脅した。

パニックになるのを期待しているとしか思えなかった。その証拠に前日の十八日、このテレビ局では紀伊田辺に中継車を繰り出し、二十歳前後の女性とみればマイクを突きつけて、年齢と職業、それに名前をきいて廻りはじめたのだ。たまたま相手が二十一歳のＯＬで、名前がＹ・Ｈに該当すると、それこそ鬼の首でも取ったように彼女にまとわりつき、思い当たることはないか、明日はどう過ごすのか、会社には行くつもりかと、質問を浴びせかけた。

警察はそれを止めることができなかった。

報道の自由ということもあったが、それなら、十九日までに犯人を逮捕できる自信があるのかときかれると、明確な返事はできなかったからである。

とりあえずＯＬ連続殺人の容疑者と考えられる野村を、警察は再び監視することにした。野村を逮捕できるだけの材料を、警察はまだ持っていなかったのだ。

十津川たちにしても、同じようなものだった。十津川と亀井は、白浜に残っていたが、犯人の目星はついていなかった。

「Ｎテレビでは、明日十九日中継車で、紀伊田辺の町を、一日じゅう走り廻るそうですよ」

と亀井が腹立たしげに十津川にいった。

「紀伊田辺と決めつけているのか」

「そうです。たしかに新宮―串本と、犯行は紀勢本線を東から西に移動していますから、紀伊田辺の可能性はあるわけです」

「だが、紀伊田辺以外の可能性もあるわけだろう？」

「そうです」

「中村警部たちも、十九日は紀伊田辺に行くつもりなのかな？」

「それは野村貢の動きによると思いますね。彼が紀伊田辺に向かって動けば、それこそ、わっと彼の後を追うと思います」

「その野村貢は？」

「依然として白浜の同じホテルにいます」

「あと、七時間で十九日だな」

十津川は、時計に眼をやった。残念ながら、七時間の間に犯人を特定することはできそうもない。そのことが、十津川を改めて焦燥《しょうそう》に追いやるのだ。

部屋にいても落ち着かないので、二人はホテルのロビーに降りていった。

喫茶室でコーヒーを飲んでいるところへ、中村警部が興奮した表情で飛び込んできた。

「部屋におられないので、ひょっとしてと思いましてね」

と、中村はいった。

「何か動きがあったんですか？」

と、亀井がきいた。

「われわれは、今から紀伊田辺に移動することになったので、お知らせに来たんです」

と、中村はいう。

「テレビの報道を信用されたんですか？」

驚いて十津川がきくと、中村は強く首を横に振って、

「とんでもない。そんな軽はずみな行動はとりませんよ。野村貢が動いたんです。今日の午後四時ごろ、急に白浜のホテルを出ました。部下に尾行させたところ、紀伊田辺のWホテルに入ったことが確認されたんです」

「本当ですか？」

「事実です。明らかに野村は、猟場を変えたんですよ。紀伊田辺にね。明日あの男は、向こうで第四の殺人をやる気としか思えません。したがって、われわれも紀伊田辺署に移動することに決定しました。正確にいうと田辺《たなべ》署ですが」

「なるほど」

「十津川さんたちも、もし今から移動されるのなら、向こうのホテルをとっておきますが」

と、中村はいった。

「いや、自分で勝手に、動くときは動きますから」

と、十津川はいった。

中村は十津川の反応の鈍さに、憮然《ぶぜん》とした表情で帰っていった。

「われわれがすぐにでもここをチェック・アウトして、紀伊田辺に行くと思ったみたいですね」

と、亀井が苦笑しながらいった。

「だろうね」

「警部はどう思われますか？　野村貢が急に紀伊田辺に移動したのは、なぜだと思われますか？」

と、亀井がきく。

「ただの気まぐれか、何か理由があってのことか、わからないな」

「テレビがあんなにあおり立てたので、ただの野次馬《やじうま》で、紀伊田辺へ行ったのかもしれませんよ。ビデオカメラを持って、紀伊田辺に行く野次馬もいるそうですから」

と、亀井がいう。

「困ったことだな」

十津川は、そういって笑った。が、急にその笑いを消して、じっとフロントに眼をやった。

亀井もつられてフロントを見た。

一人の中年の男が、ボストンバッグと釣り道具を傍においで、会計をしているのが見えた。

「堤防で、釣りをしていた男じゃありませんか？」

と、亀井が小声できいた。

「そうだよ。あの男だ。小野田悟と宿泊カードに書いている男だよ」

と、十津川は肯《うなず》いた。

男は会計をすませて、ホテルを出ていく。

「カメさん、追《つ》けてみてくれ」

と、十津川は急にいった。

亀井があわてて、男を追って出ていった。

十津川は、フロントのところに、歩いていき、

「今、チェック・アウトした男のことですが、なぜ急に出発したんですか？」

と、きいた。

フロント係は、当惑した顔になって、

「さあ、急用ができたといわれただけなので、私どもには何ともいえません」

「今日、どんな行動をしたか、わかりますか？」

「小野田様は、いつものように午前中も午後も、釣り道具を持って外出されました。たぶん、いつもと同じで、堤防で釣りをされたんだと思いますよ」

「釣った魚を、持って帰ってきたことはありますか？」

「ええ。一度、うちで料理をして差し上げたこともございます」

「宿泊予定は、いつまでだったんですか？」

「一応、二十二日までで、気に入ればもっと延ばしたいと、おっしゃっていたんですが」

「それなのに、急にチェック・アウトした？」

「はい」

「行き先は？」

「おっしゃいませんでした」

と、フロント係はいった。

それ以上のことはわからない。十津川は、喫茶室に戻ったが、亀井がなかなか帰ってこなかった。

一時間半近くたって、やっと亀井から電話があった。

「今、紀伊田辺に来ています。田辺市ですが」

と、亀井は珍しく興奮した調子でいった。

「すると、小野田という男は田辺に行ったんだな？」

「そうです。それも、野村貢が泊まっているWホテルに入りました。どうなってるんですかね」

「偶然とは思えないな」

「私も、偶然とは思えません」

「今、カメさんは何処《どこ》にいるんだ？」

「そのWホテルの、ロビーにある電話を使っています。どうしますか？　われわれも、こちらに移動しますか？」

「Wホテルに空部屋があるのかね？」

「さっき、聞いてみましたら、ツインルームがとれそうです」

「では、それを予約しておいてくれ。私もこちらを引き払ってそちらへ行くよ」

と、十津川はいった。

こうなれば、十津川も、紀伊田辺へ行かざるをえなくなった。

彼が気になったのは、野村貢よりも小野田という中年男のことだった。堤防の突端で、釣りをしているあの男を見たとき、亀井は気になるといったが、十津川も今は同じ気持ちだったのだ。

理由は自分でもわからないのだが、何か引っかかるものがある。

十津川は会計をすませ、亀井の手荷物も一緒に持って、ホテルを出た。ＪＲの白浜駅へ出る時間が惜しいので、ホテルの前でタクシーを拾い、紀伊田辺へ行ってくれるようにいった。

「お客さんも、新聞社の方ですか？」

と、運転手がきいた。

「紀伊田辺へ行くからかね？」

「今朝も、記者さんを乗せたんですよ。今、向こうは大変ですよ」

と、中年の運転手は嬉しそうにいった。当事者でないと、騒ぎが大きいほど楽しいものなのだろう。

「警察も大変ですねえ」

「そうかね」

「急に、田辺の町にパトカーが多くなりましてね。おかげで、やたらに停められるのは参りますよ」

と、運転手が首をすくめてみせた。

中村警部の張り切っている姿が眼に浮かぶようで、思わず十津川は微笑した。

「お客さんは東京の方ですね？」

「わかるかね？」

「ええ。このへんの言葉じゃないし、関西弁でもないしね。だから、東京から来た記者さんじゃないかと思ったんですよ」

話し好きなのか、マスコミの騒ぎで興奮しているのか、運転手はよく喋《しゃべ》った。

「Wホテルを知っているかね？」

と、十津川はきいた。

「海岸近くのホテルですよ。そこへ行くんですか？」

「ああ、そうだ」

「あのホテルの近くにも、パトカーが停まっていましたよ」

「そうかね」

「まさか、お客さんが今度の事件の犯人、なんてことはないでしょうね」

いっておいて、運転手はあははと声に出して笑った。

「単なる野次馬さ。それに、南紀には釣りに来てるんだ」

と、十津川はいった。

「そういえば、あのニュースがあってから、野次馬がたくさん田辺に集まってるそうですよ。大阪の人間が多いそうですがね」

「大阪のね」

「その証拠に、急に大阪ナンバーの車が多くなっていますからねえ。人間って、退屈して、何かあれば面白いと思っているんじゃないんですか」

と、運転手はいった。

話している間に、車は白浜有料道路を走り抜け、国道42号線に入った。

すでに田辺市に入っている。

タクシーは42号線から左に折れて、紀伊田辺駅前に出ると、今度は海岸に向かった。

なるほど、和歌山県警と書かれたパトカーが眼につく。

Wホテルは、扇ヶ浜《おうぎがはま》という、広い砂浜に面して建っていた。

十津川がロビーに入っていくと、亀井が待っていて迎えた。

「部屋は五階です」

と、亀井がいった。

とりあえず部屋に入ることにして、二人はエレベーターに乗った。

部屋に入って、窓を開けると、眼の前に夜の海が広がった。沖合に灯火がつながっているのは、何か夜の漁をやっているのだろう。

風がないせいか、波の音もほとんど聞こえてこない。穏やかな海である。

「野村貢は、七階の七一六号室です。例の小野田は、同じ七階の七二九号室です。私も七階をと思ったんですが、もう空部屋がなくて」

亀井が、申しわけなさそうにいう。

「かまわないさ。野村貢を犯人とは、思っていないんだ」

「しかし、県警はしっかりと、このホテルを監視していますよ。私が着いてすぐ、野村が夜の散歩に出かけたんですが、県警の刑事が尾行していました」

「そうだろうね」

「小野田のほうですが、彼もそのとき散歩に出ています」

と、亀井がいう。

「面白いね」

と、十津川はいった。

「ただ、小野田はひと足先に帰ってきました」

「彼も野村を尾行したのかな？」

「わかりません。私も歩いてみようかと思ったんですが、警部をお待ちしなければいけないと思いまして」

「野村も、無事に帰ってきたんだろう？」

「そうです。小野田が戻ってから、七、八分して野村も帰ってきて、今、部屋にいるはずです」

「カメさんは、小野田という男をどう思うね？」

と、十津川がきいた。

「そうですねえ」

と、亀井は考え込んだ。それだけ彼の頭の中でも、小野田が気になる存在ということなのだろう。なかなか返事がないので、

「今度の事件の犯人と思うかね？」

と、十津川がきいた。

「そうは思えません。これは直感なんですが、どうも犯人という感じがしないのです。理屈ではないので、説得力はないかもしれませんが」

と、亀井はいう。

「なるほどね」

「といって、まったく無関係とも、思えないのですよ。野村がこちらへ来たら、小野田もあわてた感じで、やってきましたからね」

「そうだな」

「したがって小野田が、一連の事件に関心があることは、間違いないと思います」

「まさか、われわれと同業じゃないだろうね」

「刑事ですか？」

「ああ」

「すると、三人の被害者のほかにも、何処かで、若い女が殺されているということですか？」

亀井が、びっくりした顔できいた。

「たとえば、北海道あたりで若い女が殺されていたとする。二十一歳、ＯＬで、名前が Y・H という条件の一つが欠けているので、同じ犯人とは道警は考えない。だが、刑事の一人が絶対に関係あると信じて、勝手に南紀に飛んできたというわけだよ」

「なるほど」

「道警の方針に逆らっているので、刑事と名乗るわけにはいかない。あるいは休暇をとって、来ているのかもしれない。ひとりで犯人を捕《と》らえ、自分の考えの正しさを証明したいんじゃないか。そんなふうに考えたりもしているんだがね」

「そういえば、刑事の感じもしないこともありませんね。決断の早さもありますから」

と、亀井もいった。

「しかし、各県警に問い合わせるわけにもいかんしね」

と、十津川はいった。

「もし、警部のいわれるとおりだとすると、その事件は、最近起きたことになりますし、未解決の事件ということになります」

「そうだな」

「それに、若い女が殺された事件でしょう。また、一連の事件に、どこか似ていると思います」

「それで、調べてみるか」

と、十津川はいった。

「どうせ、このホテルの電話番号を西本刑事たちに、知らせておかなければなりませんから、電話して調べさせましょう」

と、亀井はいい、電話に手を伸ばした。

2

夜おそくなって、中村警部から電話がかかった。

「十津川さんも、やはり田辺市に来られましたね。うちの刑事がお見かけしたので、ご連絡したわけです。十津川さんも、野村貢が怪しいと思われるわけでしょう？」

中村は、それみたことかという感じのいい方をした。

十津川は、苦笑しながら、

「和歌山県警は、白浜で死んだ山下邦夫を今度の事件の犯人と、考えていたんじゃありませんか？」

「今でも、彼が犯人の可能性が強いと思っていますよ。ただ、野村貢も容疑者の一人です。その野村が急に動いたので、マークするのは当然でしょう」

中村は、自信満々ない い方をした。

「それで明日十九日に、野村がこの町で第四の殺人を犯すと思われているわけですか？」

「それを防ぎたいと思っているんですよ。これ以上、犠牲者は出したくありませんからね。そのうえで、野村を犯人として、逮捕したいと考えているんですがね」

「野次馬が、たくさん集まっているようですね」

と、十津川がいうと、中村は、「そうなんです」と肯いて、

「それにテレビ局の中継車も、走り廻っています。あんなことをすれば、犯人の神経を高ぶらせるだけだと思っていますが、取材を制止するわけにはいきません」

「田辺署にも、マスコミが押しかけているんじゃありませんか？」

と、十津川はきいた。

「押しかけてきていますよ。警察のコメントがほしいといってです。うるさくてかないません」

「そんなに騒がしくては、犯人も犯行を中止してしまうんじゃありませんか？」

と、十津川はきいてみた。

「そうかもしれませんが、逆かもしれません。私は、逆の可能性のほうが強いと思っているのですよ」

と、中村はいう。

「なぜですか？」

「今度の犯人は、顕示欲が強いと見られるからですよ。第一、殺した女の額《ひたい》に、ナイフで×印をつけるなどという行為が、その証拠です。さらに犯人は、予告状まで送りつけています。つまり、目立ちたいんですよ。これは、恨みによる犯罪なんかじゃありません。いわゆる劇場犯罪というやつで、犯人自身が舞台に立っているんです。観客の拍手がないと、燃えない奴です。だから、これだけ騒がれると、奴はいっそうやる気になるはずです。明日十九日には、必ず第四の犠牲者を狙うと信じています。したがって、明日は犯人逮捕のチャンスでもあるわけです」

中村は、急に饒舌《じょうぜつ》になった。自分が確信を持っていることを、十津川にも信じさせたいと考えているようだった。

十津川は、反対とも賛成ともいわなかった。

電話が切れると、十津川は中村の考えを亀井に話して、彼の意見をきいた。

「私には、なんともいえません。私にいえるのは、野村貢は犯人ではないだろうということだけです。ただ、今度の事件の犯人が、自己顕示欲が強いというのは賛成ですね」

と、亀井はいった。

「私も、その点はカメさんに同感だ」

と、十津川はいってから、

「問題は、犯人がナイフで、殺した女の額に×印をつけたり、予告状を出したりしたのが、単なる顕示欲の表われなのか、それとも、もっと根深いものがあるのかということだな。そこで、犯人像が違ってくる」

「額の傷にも、何か意味があるか、それとも気まぐれかということですね？」

「そうなんだが、残念ながら、まだ本当の意味がわからないんだよ。もっともわかっていれば、とっくに犯人像もわかっているんだがね」

十津川は、残念そうにいった。

「一つ、わからないことがあるんですが」

と、亀井がいった。

「なんだね？」

「犯人は、十九日に紀勢本線のKでと、予告状に書いてきました。それでマスコミは紀伊田辺と騒いだわけですが、この町は、ただの田辺市ですよね。イニシアルはKにはなりません。それでも、この町で犯人は第四の殺人をやるんでしょうか？」

「それは、私も考えたよ。犯人が予告状のKに、どれだけの意味を持たせているかだと思うんだ。紀勢本線のKと書いているから、紀伊田辺も当然入ってくる。カメさんのいうように、たしかにこの町は、ただの田辺市だが、紀伊田辺駅が玄関になっているから、紀伊田辺市といってもいいだろうと、犯人が考えているのなら、この町でもいいわけだよ」

「厳密に考えれば、違ってきますね」

と、亀井がいう。

「そうだ。紀伊田辺の駅で殺せばKだが、田辺市の中で殺せばKにはならない」

「そうだとすると、別の場所ということになってしまいますね。串本は、紀勢本線の駅も町もKです」

「紀伊勝浦は駅も町もKに見えるが、町は那智勝浦だからKではない。ほかの紀伊のつく駅は、町なり、村に、紀伊がない。紀伊宮原も、紀伊由良も、紀伊内原、紀伊新庄も、駅と町は違ってくる。もし、犯人が駅でなく町で殺す気なら、こうした地名はリストから外れるんだ」

「もう一つ、白浜も引っかかるんです」

と、亀井はいった。

「白浜の何がだね？」

「犯人は、二回とも白浜から予告状を出しています。少なくとも、出したときは犯人は白浜にいたわけですよ、なぜ、犯人はそんなに白浜に拘《こだわ》ったのか、それがわからないんです」

「それは、私も気になってるんだよ。しかし、カメさん。厳密に考えても、ルーズに考えても、白浜はKじゃない。南紀白浜といういい方をしても、Kにはならないからね」

「どちらにしろ、白浜は除外していいということでしょうか？」

「犯人の予告状をそのまま信用すれば、Kは白浜にはならない」

と、十津川はいった。

3

結局、いくら考えても犯人のいうKが、どこの町かわからなかった。紀伊田辺も捨て切れないのである。

犯人は、紀勢本線のKと書いているからだった。

十津川は、明日のためによく寝ておこうと思いながら、なかなか眠れなかった。

隣りのベッドの亀井も眠れないらしい。だが、十津川を寝かせようと思ってか、じっと身動き一つせず、ベッドに横になっている。

十津川は、それが辛くなって、ベッドに起き上がると、

「カメさん」

と、声をかけた。

亀井は、ほっとした感じで、顔を十津川に向けて、

「やはり眠れませんか？」

「無理に寝ようとすると、ますます肩がこってしまう。一晩ぐらい眠らなくても死にはしないだろう」

と、十津川は笑った。

亀井は起き上がって、

「私もそう思います。コーヒーでも飲みますか」

と、いい、部屋の冷蔵庫を開け、缶コーヒーを取り出した。

窓際に並んで立ち、二人はコーヒーを飲みながら、外に眼をやった。

暗い海には、相変わらず遠く漁火《いさりび》が見える。

「予告状を出した犯人も、今ごろ眠れずに、朝を待っているんじゃありませんか？」

と、亀井がいった。

「もう、殺す相手を、決めているのかな？　今度も、二十一歳でイニシアルがY・HのOLだろうか？」

十津川は、亀井の質問には答えず、彼自身の疑問を口にした。

まるで、勝手に疑問を口にしていると、自然にその答えが見つかるみたいな感じだった。もちろん、自然に答えが見つかることはないのだが。

少しずつ時間がたっていって、夜が明けてきた。

冷蔵庫の中の缶コーヒーは、なくなってしまった。

暗かった海が褐色に変わり、やがて真っ青な色になっていく。朝の光が海面に反射して、眩《まぶ》しい。

「ちょっと海岸を散歩してきませんか」

と、亀井がいい、二人は部屋を出た。

ホテルから、田辺湾に面した扇ヶ浜公園は、眼と鼻の先である。

松林に囲まれた海辺のこの公園は、家族連れや、若いカップルの恰好《かっこう》の憩《いこ》いの場なのだが、早朝の今は、人影もなくひっそりと静まり返っている。

二人は、波の音を聞きながら、公園の中をゆっくり歩いていった。ここには、熊野《くまの》水軍《すいぐん》を記念した碑《ひ》が立っていたりするのだが、十津川も亀井も、ちらりと眼をやっただけだった。

陽が昇れば、暖かくなるのだろうが、午前六時というこの時間では、少しばかり肌寒い。

「今日は、いい天気になりそうですね」

歩きながら、亀井が呟《つぶや》いた。

車が二台、並んで停まっているのが見えた。

一台は、和歌山県警の名前の書かれたパトカーだが、もう一台もたぶん覆面《ふくめん》パトカーだろう。

このあたりから見えるWホテルを、監視しているにちがいなかった。

二人は、県警の刑事に摑まってあれこれ話しかけられるのが嫌で、右に曲がり、大通りを駅に向かった。

紀伊田辺駅には、十分ほどで着いた。

アーケードのある商店街を抜けると、駅前広場になり、三角屋根の駅が見えた。グリーンの屋根と白い壁が、いかにも南国の駅という感じだった。駅としては、白浜よりはるかに大きい。

ここが弁慶《べんけい》の生地といわれているだけに、駅前には薙刀《なぎなた》を持った大きな弁慶の銅像が立っていた。

駅前のタクシー乗り場の近くに、パトカーが停まっているのが見えた。

二人は、駅前の食堂が開いているのを見つけて、朝食をとることにした。

タクシーの運転手らしい男が二人、窓際のテーブルで、朝食を口にしている。十津川と亀井も、窓際に腰を下ろし、広場を見下ろすような恰好で、朝定食を注文した。

バスが発着している。まだ、乗客は少ない。が、八時ごろになれば、通勤や通学の人たちであふれるのだろう。

「犯人は、この町の何処かに来ているんでしょうか」

と、亀井がいう。どうしても、口を開くと事件のことになってしまうのだ。

朝食をすませると、二人は、またゆっくり歩いてWホテルに戻った。ここもまだ静かだった。

十津川たちは部屋には戻らず、一階のロビーで、時間をつぶすことにした。

午前十一時過ぎに、男が二人ロビーに入ってきて、ソファに腰を下ろした。

「あの二人は、どうやら県警の刑事のようですね」

亀井が、小声で囁《ささや》いた。

「たぶんね。入ってきたとき、一人がフロント係と眼で合図をしたよ」

「何でしょう？」

と、亀井がきいたとき、エレベーターから野村が降りてくるのが見えた。

「あれだよ。野村が外出すると、知らせたんだろう」

と、十津川はいった。

野村がキーをフロントに預けて、ホテルを出ていくと、二人の男も、そのあとから出ていった。

「やはり、県警の刑事ですね」

と、亀井がいった。

「ああ」

「われわれも、尾行しますか？」

「いや、よそう。二人も尾行していれば、たとえ野村が犯人でも何もできんさ」

と、十津川はいった。

十津川が、煙草《たばこ》に火をつけたとき、今度は小野田が降りてきた。彼もキーを預けて、ホテルを出ていった。

亀井が、我慢しきれなくなったように、

「ちょっと見てきます」

と、そんないい方をして、飛び出して行った。

十津川はロビーの電話で、東京の西本刑事に連絡してみた。

「今こちらから、電話しようと思っていたところです。例の小野田という男の件ですが」

「何かわかったかね？」

「東京と和歌山以外で、ここ半年間に起きた類似の事件を、調べてみました」

「それで？」

「若い女が殺されて、しかも未解決の事件は、五件です。しかし、二十一歳のＯＬで、名前がＹ・Ｈというのはありません。近いものとしては、二十歳と十九歳のＯＬ、学生が殺された事件です。二十歳のＯＬの事件は青森《あおもり》、十九歳の学生の事件は大阪です」

「名前は？」

「残念ながら、二人ともY・Hではありません。二十歳のOLは島田《しまだ》みどり、十九歳の学生は林田明子《はやしだあきこ》です」

「青森と大阪の刑事に、小野田と思われる人物はいないのかね？」

「青森県警と大阪府警に電話してみました。どちらも、未解決のこの事件を全力をあげて捜査中であり、捜査方針に反対の者はいないと、いっています。この答えは信用していいと思いますね」

と、西本はいった。

「そうか」

と、十津川はいい、電話を切った。

（もし、刑事でないとすると、あの小野田という男は、いったい何者なのだろうか？）

と、十津川は首をかしげてしまった。

4

十二時を少し回ったところで、亀井から電話が入った。

「今、田辺大橋近くのレストランにいます。朝歩いた扇ヶ浜公園の先に、会津川《あいづがわ》という川にかかる橋があります。それが、田辺大橋なんですが、袂《たもと》の近くにレストランがあります。野村が、ここで昼食をとっています」

「小野田も来ているかね？」

「同じレストランに来ています。県警の刑事は二人、ちゃんとここまで尾行してきています」

「ではカメさんも、そこで昼食をすませてきてくれ。私はWホテルで食べるよ」

と、十津川はいった。

ホテルの地下にある名店街の一軒で、十津川はラーメンライスを食べた。眼がぴりぴりするのは、明らかに寝不足のせいだが、眠くはない。

一時半過ぎには、野村貢がホテルに戻ってきた。

それにつられる形で、小野田も戻り、また二人を見守っていた亀井も、ホテルに帰ってきた。

亀井は十津川とロビーで会うと、苦笑しながら、

「とにかく、野村が動くと二人の県警の刑事が、ぴったり尾行につきますからね。あれじゃあ、何もできませんよ」

「野村は、尾行に気がついているようかね？」

「もちろん、気づいていると思いますよ。県警は、かなり露骨にやっていますからね」

「野村は、それをどう感じているのかな？　迷惑顔かな？　それとも面白がっているようかね？」

と、十津川はきいた。

「表情からは、なんともいえませんね。しかし、ときどき妙な行動をしてみせていましたから、何かやるかもしれません」

「妙な行動というと？」

「歩いていて、突然、路地に飛び込んだり、トイレに入って、なかなか出てこなかったりするんです」

「尾行をまこうとしたのかな？」

「というより、尾行に気づいていて、からかっているようにも、尾行を確かめているようにも、見えましたね」

と、亀井はいった。

「小野田は、何をしていたのかね？」

と、十津川がきいた。

「彼の行動は、よくわかりません。明らかに野村を尾行していましたが、そのくせ、今いったような、突然彼が路地に飛び込むような行動をとったとき、県警の刑事はあわてて追いましたが、小野田は、悠々としていましたね。あのへんがよくわかりません」

「野村が昼食をとっているとき、小野田はどうしていたんだ？」

「同じレストランで、彼も食事をしていましたよ。しかし、野村が食事をすませて、出ていったとき、すぐには後を追いませんでしたね。なぜか、一拍おいて動いているんですよ。もし、彼が刑事だとすると、野村の犯行は防げないんじゃないですか？行動が敏捷《びんしょう》な感じもしませんしね」

と、亀井はいった。

部屋に入った野村も小野田も、出てこなくなってしまった。

十津川と亀井は、じっとロビーにいた。県警の刑事二人も、ロビーに待機していたが、一人がときどきエレベーターで上がっていく。野村が本当に外出していないかどうか、見に行ったのだろう。

「あの刑事たちは、小野田のことをどう見ているのかね？　気づいてはいるんだろう？」

十津川は、喫茶ルームで、二人の刑事たちのほうに眼をやった。

「気づいていると思います。しかし、今度の事件を面白がっている野次馬の一人ぐらいにしか思っていないんじゃありませんか。そんな感じですから」

と、亀井はいう。

県警は、中村がいったように、野村だけに焦点を絞っているようだ。

十津川は、野村よりむしろ、小野田のほうが気になっている。野村貢のことは、和歌山県警で調べてくれて、いろいろとわかっているのだが、小野田については、この名前が本名かどうかさえ、不明なのである。

夕食を野村はルームサービスですませて、部屋を出てこなかった。

午後八時を回っても、何も起きない。

犯人の予告した十九日は、あと四時間足らずである。

十津川と亀井は、依然としてロビーにいたが、嫌でも焦燥にかられてくる。彼らは、予告状にあった「K」を、必ずしも紀伊田辺とは考えていなかったからである。

別の「K」で、すでに第四の犠牲者が出ているのではないのか？　その想像が、十津川を怯《おび》えさせているのだ。

突然、ロビーにいた県警の刑事の様子がおかしくなった。

一人が、例によって、確認しにエレベーターで上がっていったのだが、あわてた様子で戻ってくると、二人はホテルを飛び出していった。

十津川は、フロントのところに行き、野村のいる部屋のことをきいてみた。

フロント係は、電話してみてくれたが、

「誰もお出になりませんね。外出なさったんじゃありませんか？」

と、いった。

「しかし、キーはここに戻ってないんじゃないの？」

「ええ。ときどきキーを持ったまま外出なさる方がありますから」

「だが、野村貢は、ロビーを通らなかったよ」

と、十津川はいった。

県警の刑事たちは、逃げられたと思って、あわてたのだろうが、十津川は、別の意味で狼狽《ろうばい》した。

前に、山下邦夫が殺されている。今度は野村ではないのか。

十津川は亀井と、それにフロント係にも一緒に来てもらって、エレベーターに乗った。

野村の泊まっている部屋の前へ行き、ドアをノックしてみたが、返事がない。

十津川は、思い切ってフロント係に、

「開けてみてください」

「いいんですか？」

「ああ、開けてくれ」

と、十津川は警察手帳を見せていった。

フロント係は、マスター・キーを取り出し、ドアを開けてくれた。

ひょっとして、部屋の中に、野村の死体が転がっているのではないかと思ったのだが、それは、見つからなかった。

野村の姿は、何処にもなかった。

「出よう」

と、すぐ十津川はいい、自分から廊下に出た。下手《へた》をすると不法侵入になってしまうからだ。

亀井も、彼に続いて廊下に飛び出してから、

「野村は、何処へ行ったんでしょうか？」

「簡単なトリックに引っかかったんだよ。野村は部屋を出て、ほかの階の何処かに姿

を隠した。それを県警の刑事があわてててしまって、ホテルを抜け出したと勘違いして、自分たちも外へ飛び出してしまった。私たちもつられて、二人でここへ来てしまった。その間に野村は、たぶん二階か三階にいたんだろうが、悠々とロビーを通って、ホテルを出たんだ」

「彼は何をしに、そんなことをしてホテルを出たんでしょうか？」

亀井は、エレベーターのところへ歩きながら、眉をひそめた。

「わからんね。中村警部は野村を連続殺人の犯人と思っているから、今ごろ、大変だろう。パトカーが、田辺市内を走り廻ってるんじゃないか」

「それなんですが――」

「どうしたんだ？　カメさん。ひどく心配そうじゃないか」

と、十津川は亀井を見た。

「野村が犯人だったらと、ふと思ったんです」

「彼は連続殺人事件の犯人じゃないよ」

「そうは思うんですが、十九日の今日、ホテルをそっと抜け出したもので――」

「カメさんも弱気になったね」

「ええ。どうも、心配で――」

と、亀井がいう。

「それなら、とにかく外へ出てみよう。幸い小さな町だから、歩き廻っていれば、野村を見つけられるかもしれないからね」

十津川は励ますようにいい、エレベーターを降りると、ホテルを出た。

外に出たとたんに、県警のパトカーが、けたたましいサイレンの音をひびかせて、二人の横を走り抜けていった。

「やってるね」

十津川が苦笑して見送った。

パトカーだけでなく、なんとなく、この町全体がざわついているのだ。

すでに午後十時を廻っていて、肌寒いのに、人影がやたらに眼につく。

この町の全員が、新聞、テレビで今日十九日にここで若い娘が殺されると思っている。怖いもの見たさで、町の人々はこんな時間に外に出ているのだろう。パトカーがサイレンを鳴らしているのも、町の人々の耳には興奮をかき立てる伴奏のように聞こえているのではないのか。

十津川と亀井は、ＪＲ紀伊田辺駅に歩いていった。

紀勢本線のＫという言葉が、どうしても気になったからである。

駅は、まだ明るかった。

京都《きょうと》発、新宮行きの「スーパーくろしお31号」は、九時五五分（二一時五五分）に、もう出てしまっていた。

この次は、二三時〇五分に、天王寺《てんのうじ》発の普通列車が到着する。

駅の中の時刻表を見ると、二三時三六分にも普通電車が着くが、これも前の電車と同じで、この紀伊田辺止まりである。

最終電車は、午前一時三四分に着き、二十一分停車してから、新宮に向かって発車していく。

突然、パトカーがサイレンを鳴らして、駅前に飛び込んできた。

急停車すると、中村警部が飛び出してきて、

「十津川さん！」

と、叫んだ。

十津川と亀井が傍に行くと、

「一緒に来てください。今、若い女性が刺されたという連絡がありました。現場へ急ぐ途中で、十津川さんを見かけたので」

中村は早口にいった。

5

十津川と亀井を乗せて、パトカーは走り出した。
駅近くにある闘鶏神社《とうけいじんじゃ》の裏側に、パトカーは着いた。
すでに、二台のパトカーが先着している。
神社の裏の暗がりが、今はパトカーのヘッドライトで、明るく照らし出されていた。
土の上に、若い女性が俯《うつぶ》せに倒れているのが見えた。
背中をナイフで刺されていて、花模様のワンピースが血に染まっている。
傍に、白いハンドバッグが転がっていた。
中村が、女の身体をそっと仰向《あおむ》きにした。
とたんに、見守っていた刑事たちの間から、どよめきが生まれた。
女の額《ひたい》に、×印の傷がついていたからだった。
「聞き込みだ！」
と、中村が部下の刑事たちに向かって叫んだ。
刑事たちが、いっせいに散っていったあと、中村は残った部下の一人と、ハンドバッグの中身を調べにかかった。

十津川と亀井は、それを見守った。

鑑識の車も到着した。

検死官は死体を調べ始めた。

「どうやら、東京の女性のようですね」

と、中村が十津川に向かって声をかけてきた。

「東京ですか？」

「これを見てください」

と、中村はハンドバッグの中にあった運転免許証を見せた。

確かに深見《ふかみ》あけみの名前と、東京都大田《おおた》区の住所があった。年齢は二十三歳だった。

検死官は、犯行は三十分ほど前だろうと、断定した。

死体は遺体搬送車に乗せられて、運ばれて行った。

そのときになって、テレビの中継車が駈《か》けつけてきた。急に現場がやかましくなり、中村警部がテレビのレポーターにつかまって、マイクを突きつけられた。

十津川と亀井は、その場を逃げ出した。

「どうなってるんですか？　これは」

と、足早に歩きながら、亀井がいう。

「わからんね。殺されたのはこの田辺市の人間じゃなくて、二十一歳でもなく、名前はY・Hでもなかった」

と、十津川も首をかしげた。

「これも、連続殺人事件の犯人の仕業《しわざ》だと思われますか？」

「予告状どおりに、殺人が行なわれたことだけは間違いないんだがね」

「そうですね。十九日に殺しているし、額に×印の傷がつけられていましたしね」

「だが、違うものもある」

「ええ、そうですね。しかし県警は、これで野村貢の犯行と断定したんじゃありませんか。野村がホテルを逃げ出したあと、殺人が行なわれていますからね」

と、亀井がいった。

Wホテルに戻ってみると、ホテルの前にはパトカーが三台も停まっている。

ロビーにも、何人もの刑事が歩き廻っていた。

十津川は、フロントに野村貢のことをきいてみた。

フロント係は青い顔で、

「まだ、戻っていらっしゃいませんが、野村様の部屋は、今、刑事さんたちが調べていますよ」

「同じ階に泊まっている小野田という客はどうしているね？」

と、十津川はきいてみた。

フロント係は、まったく関心がないという顔になって、

「さあ。キーが戻っていませんから、部屋にいらっしゃるんじゃありませんか」

「しかし、野村はキーを預けずに、外に出ていったんだろう？」

と、横から亀井がいった。

「そうですが、たいていのお客様は、キーを戻されてから、外出なさいますから」

「小野田という人の部屋に、電話してもらえないかな。部屋にいるかどうか、確認したいんだ」

と、十津川がいった。

「わかりました」

と、フロント係はいい、館内電話をかけてくれたが、

「お出になりませんねえ」

と、肩をすくめた。

「小野田さんが外に出るのを見たかね？」

「いえ、なにしろ、今日はごたごたしてましたからね」

と、フロント係はいった。

（小野田は何のために、外出したのだろうか？）

十津川は、ホテルの外にじっと眼をやった。

第五章　復《ふく》讐《しゅう》

1

十津川は、不安になった。

白浜で山下邦夫が殺されたとき、小野田も同じ白浜にいた。

そして、今、この紀伊田辺に、野村がいて小野田もいる。

なにか不吉な気がするのだ。そのうえ、野村がホテルから消えたと思うと、小野田もホテルを出てしまっている。

小野田が、もし白浜で山下を殺したとすると、この紀伊田辺でも、彼は野村を殺そうとするかもしれない。

十津川は、その不安を亀井に話した。

「警部は、なぜ小野田が、山下を殺した犯人と思われるわけですか？」

と、亀井がきいた。

「正直にいえば、何の証拠もないんだ。同じ日に白浜にいて、動き廻っていること、そしてまた紀伊田辺にやってきて、野村と同じホテルに泊まったことだけだよ。だが、なんとなく、犯罪の匂いを感じるんだ。それも、ＯＬ連続殺人事件の犯人の匂いじゃない」

「すると被害者の家族ということですか？」

「たぶんそうじゃないかと、私は思っている。殺された娘さんたちの誰かの家族じゃないか、と考えているんだ。年齢から見て恋人とは思えないから、父親か、叔父か、特に殺された娘を可愛がっていたんだと思うね」

と、十津川はいった。

「その男が、警察は頼りにならないと考えて、自分で復讐《ふくしゅう》を始めたということになりますか？」

亀井が、眉を寄せてきいた。

「その可能性は、大きいと思っているよ。彼は紀勢本線の沿線で、殺人が行なわれたので、犯人を求めてやってきた。釣り人をよそおってね。素人の彼に犯人がわかるはずがない。警察だって見つけられずにいるんだからね。そんな彼にとって、和歌山県警の動きだけが、頼りだったんじゃないかね」

「中村警部は、山下邦夫と野村貢が犯人と確信して、尾行や張り込みをやっていましたから、素人があの二人を犯人と思い込んだとしても、不思議はありませんね」

「そうさ。彼は、まず山下を殺した。県警が野村より山下のほうを、より強く犯人と疑っていたからね。警察は、山下を犯人と断定していても、すぐには逮捕できない。それを利用して、彼は山下を殺したんじゃないかな。ところが、山下を殺しても、警察は野村を追いつづけるようだった。そこで本当の犯人は、野村だったのかと思って、今度は野村を狙ったんだ」

「野村が紀伊田辺に行ったので、彼もあわてて、その後を追ったと見ていいんじゃないかな」

「そして紀伊田辺で、若い娘が殺されてしまった」

「そうだ」

「名前は、深見あけみ。しかし年齢も名前のイニシアルも、今までの被害者とは違いますよ。ＯＬ連続殺人事件とは、別の事件と私は思うんですが」

と、亀井が首をかしげる。

「だが、まったく無関係な事件とは思わないね」

　と、十津川がかたい表情でいった。

「どういうことでしょうか？　それは」

「連続殺人事件の真犯人なら、前の殺人と同じように、二十一歳、OL、Y・Hのイニシアルといった線を崩さなかったと思うね。だから、ニセの犯人の仕業《しわざ》なんだ。それも連続殺人事件を真似《まね》たか、触発されての犯行だという点で、無縁とは思わないんだよ」

　と、十津川はいった。

「すると、野村ですか？」

「たぶんね。野村の過去を考えると、彼は面白がって事件を起こしてきた感じがするんだよ。今、紀伊田辺に警察やマスコミの視線が集中している。予告状は、紀伊田辺を示しているのではないかと、新聞も書いている。野村にとって恰好の舞台装置が出来上がっていたわけだよ。そこで一騒動《ひとそうどう》起こしてやろうと、思ったんじゃないかね」

「もし、野村が犯人だとすると、どんな規準で犠牲者を選んだんでしょうか？」

「若い女なら、誰でもよかったんじゃないかね。遊び半分なら、一生懸命に、OL、二十一歳、Y・Hという条件に合う女を見つける努力なんかしないだろう。美人で、派手なニュースになるような女ならいいんだ。逆にいえば、今度の事件の犯人が野村なら、彼はＯＬ連続殺人事件の真犯人じゃないことになってくると、私は思うんだがね」

十津川は、確信を持っていった。

「それに小野田が絡んでくると、厄介ですね。もし、警部の考えられるとおり、彼が山下を殺したとすると、どう思いますかね？　今回の殺しを」

「われわれと同じように、野村は真犯人じゃないと思ってくれればいいんだがね。やっぱり野村がと思って、新たな復讐に走ることだってありえるよ。小野田が、野村を尾行していたとする。彼は間違えて、山下を殺してしまったので、慎重になっているはずだ。だから、ずっと野村を尾行し、相手が予告状どおりに殺人を犯すのを、じっと待っていたかもしれない」

「そうですね。もしそうだとすると、彼は野村が深見あけみを殺すのを、目撃したかもしれませんね。もし見たとすれば、その時点では彼女の名前が、Ｙ・Ｈではないことなどわかりませんから、若い女を殺したということで、やっぱりこいつが犯人かと思い込んだでしょうね」

と、亀井がいった。

「よし、小野田を探しに行こう」

と、十津川は亀井を促した。

2

二人はホテルを出た。

時刻は、もう午前零時に近い。それでも町の中が、なんとなく騒然としているのは、事件のせいだろうか。

パトカーも、犯人を求めて走り廻っている。そんな動きを横眼で見ながら、

「何処《どこ》へ行けば、小野田に会えますかね？」

と、亀井がきく。

十津川は立ち止まって、考え込んだ。

「小野田がすでに野村を殺してしまっているのなら、たぶん海辺にいると思うね。砂浜に腰を下ろして、ぼんやり海を眺めているんじゃないかな。しかし、まだ殺してなければ、彼は野村を追いかけているところだろう」

「どっちだと、思いますか？」

「わからんね」

と、十津川は頭をふったあと、

「まず、海岸へ行ってみよう」

と、いった。

二人は扇ヶ浜公園に行き、砂浜をゆっくり、浦安神社《うらやすじんじゃ》の方向に歩いて行った。

ときどき、上の通りをパトカーのサイレンが、けたたましく通り過ぎていく。

「みんな野村を、探しているんでしょうね」

と、亀井がいった。

十津川は歩きながら、煙草《たばこ》に火をつけた。南紀といっても、この時間だと海からの風は冷たい。

「野村は、ホテルには、戻っていないようだね」

「そうですね。帰っていれば、今ごろ逮捕されていて、パトカーは、走り廻っていないでしょう」

と、亀井はいった。

急に、十津川の顔が緊張した。

前方の浜辺に、座り込んでいる人影が見えたからだった。

月明かりの下なので、もちろん顔ははっきりしない。わかるのは、男だということだけだった。

「小野田ですか？」

亀井が、小声できいた。

「わからないが、カメさんは反対側に廻ってくれ。小野田なら逃がしたくない」

と、十津川はいった。

亀井が大きく反対側に廻る間、十津川は海を見るふりをして、動かなかった。

亀井のシルエットが、向こう側に見えてから、十津川はゆっくりと、男に近寄っていった。

男は、まだ砂浜に腰を下ろしたままである。

「小野田さんですか？」

と、十津川が声をかけたとたん、男ははじかれたように立ち上がると、いきなり海に向かって走り出した。

その動きは、十津川の予想と違っていた。

亀井と挟み込めば、諦《あきら》めて動かないか、上の道路に向かって逃げると思っていたのである。

海に向かって逃げるとは思っていなかったので、十津川は狼狽《ろうばい》した。

男は、じゃぶじゃぶと海の中に入っていく。

（死ぬ気だ）

と、思った十津川は、亀井に、

「死なせるなよ！」

と、叫び、飛び込む感じで、男に飛びかかった。

男の肩に触ったが、つかみ切れずに、十津川は頭から海にもぐってしまったが、男も海の中で横倒しになった。

それに亀井が、上からのしかかるようにして、押えつけた。

十津川は、したたかに飲み込んでしまった塩水を、吐き出しながら立ち上がった。

「小野田だな？」

と、十津川はもう一度、男に声をかけた。

男は、亀井に腕を取られたまま、黙り込んでしまっている。

十津川と亀井は、両側から男を押えるようにして、砂浜にあがった。

急に冷たさを感じた。十津川は小きざみに身体をふるわせながら、

「カメさん。パトカーを呼んでくれ」

亀井が、道路に飛び出していって、通りかかるパトカーを止めている間、十津川は男を押えていたが、相手はもう反抗する様子も、海に飛び込む様子も見せなかった。

パトカーが停まったので、十津川は男を引っ張るようにして、道路へ連れていった。

「田辺警察署まで、この男を連れていってくれ」

と、十津川はパトカーの警官にいった。

「しかし、われわれは殺人事件の容疑者を追いかけているんですが」

若い警官が、眼をとがらせていった。

「その容疑者の行方《ゆくえ》は、わかっているのかね？」

と、十津川がきく。

「いえ。とにかく、探せという命令です」

「それなら、われわれを乗せていきたまえ。この人がその容疑者の行方を知っているかもしれんから」

「本当ですか？」

「たぶんね」

と、亀井がいった。

それでも、パトカーの警官たちは半信半疑の顔だったが、十津川たちを乗せることは乗せてくれた。

パトカーはサイレンをひびかせて、田辺警察署に向かって走った。

警察署の前には、テレビ局の中継車も停まっていた。この町で、予告どおりの殺人事件が起きたからだろう。

署内には、捜査本部が置かれ、中村警部が指揮に当たっていた。その顔が紅潮しているのは、容疑者の野村貢が、まだ捕まらないせいにちがいない。

中村は、十津川たちを見ると、

「今は、十津川さんのお相手をしている暇がないんですがね」

と、つっけんどんないい方をした。

「この男が、野村の行方を知っているかもしれませんよ」

十津川は、連れて来た男を中村に示した。

中村は、顔をしかめて、

「誰ですか？　その男は」

「名前は、おそらく小野田です」

「名前を聞いてるんじゃありませんよ。なぜ、野村の行方を、その男が知っているんですか？」

「彼が、野村を殺したかもしれないからですよ」

「野村を殺した？　なぜ、その男がそんなことをするんですか？」

「それを一緒に、これから彼に聞いてみませんか。訊問《じんもん》する場所を貸してください」

と、十津川がいうと、中村は少しずつ興味を覚えたとみえて、

「こっちへ来てください」

と、十津川たちを取調室へ案内した。

十津川は連行した男を椅子に座らせてから、ポケットに入っているものを、全部机の上に出させた。

運転免許証、財布《さいふ》、手帳、ボールペン、小銭が二百三十円、キーホルダー。

十津川はその中から、まず運転免許証を手にとった。

やはり、小野田の名前と東京の住所が書かれている。

十津川は、それを中村に渡しておいてから、小野田に向かって、

「野村貢をどうしたんだ？」

と、きいた。

「何のことだ？」

小野田は、面倒くさそうにきき返した。

「君が、この田辺市まで追いかけてきた男だよ。君は、ずっと彼を監視していたはずだ」

「――――」

「そして、殺したのか？」

「なぜ、聞くんだ？」

「われわれが刑事だからだよ。それに、君は目的をもう達したんじゃないのか？　それなら、何もかも話してくれてもいいんじゃないのかね」

十津川は、優しくいった。

中村は、まだ事情が呑《の》み込めないという顔で、

「十津川さん、この小野田という男は何者なんですか？」

「今、喋《しゃべ》ってくれますよ」

と、十津川はいった。

小野田はじっと宙を見すえていたが、

「何とかいう神社の裏だよ」

と、ぼそりといった。

「神社？　浦安神社のことか？」

「名前は知らない。その神社の裏だ」

「そこに、何があるんだ？」

と、中村がきいた。

小野田は、ゆっくりと中村に眼を移して、

「野村の死体だ」

「君が殺したのか？」

「ああ、私が殺した」

「なぜ？」

「そんなことより、確認しないのかね？」

小野田がいい、中村はあわてて取調室の電話に飛びついて、指示を出した。

その結果がわかるまで、小野田は黙り込んでいた。

三十分ほどして、今度は外から取調室に電話が入り、それに出た中村は、

「見つかったか？」

と、大きな声を出した。

そのあと、小さく肯《うなず》いていたが、受話器を置くと、十津川に向かって、

「浦安神社の裏手で、野村の死体が見つかったそうです」

「間違いありませんか？」

「ええ。胸を刺されて、死んでいたといっています」

「ナイフで、刺したのかね？」

と、十津川は小野田にきいた。

小野田は眼をあげて、十津川を見、中村を見た。

「そのナイフは？」

「ナイフですよ。三回刺してやっと死にました」

中村が、怒ったような声できいた。

「海に捨てましたよ」

と、小野田はぶっきらぼうにいった。

「なぜ、野村を殺したんだ？」

「殺すべきだと、思ったからですよ」

「それじゃあ答えになっていないじゃないか。理由をいいたまえ」

と、中村は詰め寄った。

「私は、東京で殺された長谷川弓子の知り合いの人間です」

と、小野田がいう。十津川はじっと小野田を見て、

「しかし、あのとき、長谷川弓子の家族、親戚、友人関係を調べたが、君の名前は浮かんでこなかったがね。彼女とは、どんな関係なのかね？　親戚かね？」

と、きいた。

「違います」

「彼女の恩師というわけでもないんだろう」

「ええ。違いますよ」

「じゃあ彼女の何なんだ？」

と、亀井がきいた。

「いわなければ、いけませんか？」

「いってもらいたいね。動機を知りたいんだよ。野村を殺した動機。山下邦夫も殺したのなら、その動機も喋ってくれ」

と、中村がいった。

「私は東京で、十二年間姓名判断をやっていて、それで飯を食っていました。自分の仕事に、自信と誇りを持っていましたよ。あるとき、何かのパーティで、彼女の父親と知り合ったんです。二年前でした。いい人で、その後、親しくつき合ってもらいました。いつだったか、自分の娘が美人で気立てもいいのだが、病気がちだし、あまりいいことがない、何かいい方法はないかと、私に相談してきたんです。私は娘さんの名前を聞いて、それは名前がよくない。変えなさいと、忠告したんです。それで、娘さんが短大を卒業するとき、弓子という名前に変えさせました。私の姓名判断から見て、必ず幸福になる名前だったんですよ」

「ところが、ひどい殺され方をしてしまった？」

「そうです。両親も何もいいませんでしたが、私は責任を感じましたよ。すぐ、犯人が捕まれば、少しは気が楽になったかもしれませんが、犯人はいっこうに捕まらない。それどころか、次々に犯行を重ねていく。それも、同じイニシアルの名前の娘ばかりを殺していく。まるで、それが私に対する挑戦みたいに思えたんです」

「なるほどね。君が姓名判断の仕事をやっているからか」

「責任を感じて、私は姓名判断の仕事はやめていました。しかし、それだけでは、彼女にも、彼女の両親にも、申しわけないと思ったんです。それに、今いったように、犯人は私に挑戦しているとしか思えなかった。だから、私は、自分の手で、決着をつけようと思ったんですよ。そうしなければ、長谷川弓子さんにも、彼女の両親にも申しわけないと考えたんです」

「それで南紀に来たんだね？」

と、十津川がきいた。

「犯人は、南紀で第二、第三の殺人を重ねているので、やってきたんですよ。白浜でじっと見ていると、警察が二人の男をマークしているのがわかりました」

「山下邦夫と野村貢だね？」

これは、中村がいった。

「そうですよ。どちらかというと、山下邦夫のほうを、警察は犯人と見ているとわかってきました。それで、私は彼を三段壁に呼び出し、拳銃で、射殺しました」

「拳銃は、どうやって、手に入れたのかね？」

中村がきくと、小野田は苦笑して、

「暴力団の組長が、私に姓名判断を頼みに来たことがあったのです。彼が、まだ幹部のころです。そこで、見てやりました。そうしたら、凶運とわかったので、名前を変えるようにいいました。その結果、彼は改名し、組長になりました。そのお礼といって、拳銃をくれたんですよ。返そうと思っているうちに、今度の事件になって――」

「射ったあとの拳銃は？」

「あとで海に捨てました。これでもう何もかもすんだと思いましたからね」

と、いって、小野田は小さく肩をすくめた。

「しかし、君は次に野村を殺すことにしたんだね？」

と、十津川はきいた。

「そうです。山下邦夫が犯人だと思って殺したのに、事件が解決したことにはなっていない。それどころか、警察は野村を追いつづけてました。犯人は、山下ではなかったのではないか。もう一人の野村が犯人なのではないかと思ったとたんに、私は野村を狙うことにしたんです。私は何としてでも、自分が死なせてしまった、あの娘の仇《かたき》を取らなければならなかったからです。そして野村は今日殺しました」

「それについては、後悔していないのかね？」

と、亀井がきいた。

「私はね。野村を尾行して、彼が若い娘を殺すのを見たんだ。だから、今度こそ間違いないと思って、私は野村に天罰を加えてやった。後悔はしていませんよ。私は責任を取ったんだから」

小野田は、力を籠《こ》めていった。

おかしな論理だし、山下や野村が連続殺人事件の真犯人でなければ、彼は無意味な殺人をしたことになる。

だが、十津川は何もいわずに、亀井を促して田辺署を出た。

「明日の新聞は大変でしょうね」

と、亀井はホテルに向かって歩きながら、十津川にいった。

「県警が、どう発表するかだな。野村をOL連続殺人事件の真犯人と断定すれば、すべてが終わったことになる」

「小野田が、凶悪犯を殺して、仇を取ったことになるわけですね」

「同情が集まるよ。動機も面白いということで、下手をするとヒーローになってしまうかもしれないね」

と、十津川はいった。

「小野田の気持ちがわからないわけじゃありませんがね。たしかに、彼が名前を変えさせなければ、長谷川弓子はY・Hではなく、ほかのイニシアルで、殺されずにすんだかもしれませんから」

「ああ、たしかにね。しかし、山下も野村も真犯人でなければ、小野田は無駄な殺人をしたわけだよ」

十津川は、吐き捨てるようにいった。

「それで、山下が三段壁にナイフを持って行かなかった理由がわかりましたよ。小野田に呼び出されたんでしょうが、自分の殺していない長谷川弓子のことで話があるといわれたので、危険な目に遭《あ》うとは、まったく思っていなかったんじゃないですかね」

「そのとおりだと思うよ。まさか、自分が連続殺人の犯人と思われているとは知らなかったんだ」

「連続殺人事件の真犯人は、どう出るでしょうか?」

亀井がきく。

「二つ考えられるね。何もいわず、彼が殺したいと思っている女性を、予告したKで殺すか。それとも、明日の報道を見て、また警察に手紙を寄越《よこ》すかの、どちらかをするんじゃないかね」

と、十津川は答えたが、亀井は、

「それとも、すでに殺人を犯しているかもしれませんね。死体が、まだ発見されずにいるということも、考えられると思いますが」

「ああ、その可能性もあるね。そうなら最悪だ」

と、十津川はいった。

「いちばんいいのは、真犯人が手紙をくれることですね。このケースなら、まだ新たな殺人を防ぐチャンスが与えられます」

亀井は、祈るような眼になっていった。

3

翌朝、ホテルで眼をさまし、投げ入れられていた新聞に眼を通すと、案の定、一面から、事件の記事が占領していた。

〈連続殺人事件の犯人、殺される。田辺市内で殺人の直後〉
〈殺した男は、天罰だと叫ぶ〉
〈二つの事件、一挙に解決〉
〈連続殺人事件の犯人が殺され、警察は複雑な表情〉

そんな見出しが、社会面にも躍《おど》っていた。
テレビをつけると、ニュースもこの事件でもち切りだった。
キャスターが、犯罪心理学の専門家を呼んで、今度の事件を分析している。
面白い分析もあったが、野村を犯人として分析しているので、十津川は見ていて、しらけるところがあった。

野村が紀伊田辺で殺した女は、年齢と名前のイニシアルの点で、前の三人の犠牲者と違っている。その点の説明が、あいまいになってしまっているからだった。

午後になって中村警部から、電話があった。

「小野田の訊問が終わりました。これで今回の事件は、すべて解決したことになりました。あとは、そちらに委《まか》せますが、いつ小野田を連れていかれますか？」

と、中村がきく。

「ワープロは、見つかったんですか？」

と、十津川はきいた。

「ああ、例の予告状に使われたワープロのことですね」

「そうです。野村の所持品の中に、ワープロはありましたか？」

「いや、ありませんでした。あの予告状に使われたワープロは、N社製のハンディタイプのワープロとわかっています。単行本の大きさですから、簡単にボストンバッグやスーツケースに入ってしまいますから、ホテルの従業員が、気づかなかったとしても、おかしくありません。また、野村はわれわれが監視しているのに気づき、ワープロを持っていては、危険と思って海にでも捨てたと考えられます。これなら彼の所持品の中に、ワープロがなくてもおかしくはありません」

と、中村はいった。

十津川と亀井は、田辺署で小野田の身柄を引き取り、東京に帰ることにした。

白浜へ出て、南紀白浜空港から一五時五〇分発のＹＳで、羽田《はねだ》に向かった。

羽田に着くと、すぐ捜査本部に連れていった。迎えた西本刑事たちが十津川に、

「どうなってるんですか？」

と、きいた。

「何がだ？」

「和歌山県警は、事件が解決したと発表していますよ」

「ああ、わかってる」

「われわれはどうしますか？　捜査本部を解散しますか？」

「まだだ。あわてることはないよ」

と、十津川はいった。

「というと、野村は真犯人じゃないということですか？」

「ああ、違うさ」

と、大きな声でいったのは、亀井だった。

十津川は、小野田を取調室に入れて、東京で殺された長谷川弓子について改めて話をきいた。

「君が名前を変えさせる前は、彼女は何という名前だったんだ？」

「長谷川慶子《けいこ》です」

「イニシアルはK・Hか」

「そうなんです。だから、彼女が殺されたのは、私の責任なんですよ」

「名前を変えなければ、殺されなかったということでだね？」

「そうです」

「君は彼女のことを、よく知っていたのかね？」

「両親、特に父親とは親しくしていましたが、娘さん本人とは、あまり親しくしていたわけじゃありません。もちろん、家族全員とつき合いはありましたし、一緒に食事したこともありますが」

「彼女は、どんな娘さんだったかね？」

と、十津川はきいた。

「美人で、明るい娘さんでしたよ」

「何か、特徴はなかったかね？」

「特徴？」

「ああ、そうだ」

「それなら、私より両親のほうが、よく知っていると思いますよ」

「そうだが、君が覚えていることを話してもらいたいんだ。両親は、娘の死に動転してしまって、肝心のことをいい忘れてしまっていたかもしれないからね」

と、十津川はいった。

小野田は、天井を見つめて、じっと考え込んでいたが、

「どんなことでもいいんですか？」

と、十津川にきいた。

「ああ、いいよ」

「右眼の眼尻の下に、小さなホクロがありましたよ」

「ホクロ？　なぜそんなことを覚えているのかね？」

と、十津川はきいた。

「私は姓名判断が専門でしたが、人相学のほうも少し齧《かじ》っているんです。それで、会う人間の人相を見る癖がついていましてね。彼女に初めて会ったときも、このホクロが気になりました。人相学からいって、別に悪いものじゃありませんが」

と、小野田はいった。

4

十津川は、すぐ第一の被害者、長谷川弓子の顔写真を取り寄せてみた。

なるほどよく見ると、右眼の眼尻の下に小さなホクロがあった。

しかし、これだけでは何の意味もないことである。ほかの被害者にも、同じホクロがある場合にだけ、意味を持ってくるのだ。

十津川は、和歌山県警の中村警部に電話し、改めて、被害者たちの大きな顔写真を送ってもらうことにした。

すぐ引き伸ばした顔写真が電送されてきた。原口ユキと平山八重の顔写真である。

十津川は、じっと見比べていたが、「あった」と小さく呟《つぶや》いた。右眼の眼尻の下に、同じような小さなホクロがあるのだ。

二十一歳、OL、イニシアルがY・Hというはっきりした大きな共通点に、注目してしまったために、ホクロという小さな共通点を見落としてしまったのである。

念のために、紀伊田辺で殺された深見あけみの顔写真も調べてみたが、ホクロは口元にあるだけだった。

「これをどう思うね？」

と、十津川は亀井にきいた。

「そうですね。条件が増えれば増えるほど、対象は限定されてきますね。二十一歳の女性が、百人いるとして、そのうちＯＬとなると、六十人となる。さらに、イニシアルがＹ・Ｈとなると、ぐっと減って十人くらいになり、右眼の眼尻の下にホクロとくると、二、三人になってしまうんじゃありませんか」

「ほかにも条件があるよ。三人とも面長な美人だ」

「そうなると、もっと少なくなりますね」

「それで犯人は間違えたかな？」

「三回もですか？」

と、亀井がきき返した。

「そこが問題だな。犯人の殺人の動機につながってくる」

と、十津川がいったとき、三上《みかみ》本部長に呼ばれた。用件は想像がついたので、十津川は重い気持ちで三上本部長に会った。

案の定三上は、十津川の顔を見るなり、

「和歌山県警から連絡があったよ」

と、いった。

「連続殺人事件は、解決したという連絡ですね？」

「そうだ。被害者は和歌山県内のほうが多い。しかも、山下邦夫、野村貢と二人の容疑者も殺されている。つまり、今度の一連の事件の主導権は和歌山県警にあるんだ。その和歌山県警が、事件は解決したと発表したのに、合同捜査をしてきた警視庁は、なぜ発表しないのかと不信感を持っているんだよ」

と、三上はいう。

「もう少し、待っていただきたいと思います」

と、十津川はいった。

「なぜ待つんだね？」

「真犯人が、ほかにいると思われるからです」

「別にいるという証拠は？　県警は野村貢を犯人と考えているが、彼が犯人ではないという証拠があるのかね？」

「野村が、紀伊田辺で殺した女は、年齢も二十一歳じゃありませんし、名前のイニシアルもY・Hじゃありません。それに、右の眼尻の下にホクロもありません。過去の三人の被害者とは違っています」

と、十津川はいった。

「その条件は決定的なものなのかね？」

「少なくとも、過去の三人には共通しています」

「だから、同じ条件の女を殺すとは限らんだろう。犯人は若い女を殺したかっただけかもしれん。たまたま殺した相手が、二十一歳のOLで、名前のイニシアルがY・Hだったということだって、ありえるだろう。違うかね？」

「条件が重なれば、偶然の可能性は小さくなります」

三上は肩をすくめて、

「それでいつまで待てというのかね？」

と、きいた。

「手紙が来るまで待ってください」

「手紙？」

「真犯人からの手紙です。真犯人は予告状を寄越しています」

「だから今度も、手紙を寄越すというのかね？」

「真犯人なら、今度の警察の見方には反撥《はんぱつ》するはずですから」

と、十津川はいった。

「その手紙は、いつ来るというのかね？」

「明日か明後日には届くと思っていますが」

十津川にも、はっきりした自信はないのだ。

「それでも手紙が来なかったら、どうするのかね？　もし野村が手紙の主だったとすると、もういつまでたっても手紙は届かんよ」

と、三上はいった。

「わかっています」

「ではあと二日間待とう。それでも何もなければ、われわれも事件の解決を宣言して、捜査本部は解散だ」

三上は、怖い眼で十津川を睨《にら》んだ。

部屋に戻ると、亀井が夕刊を差し出した。

「ごらんのように、新聞も事件の解決を謳《うた》っていますよ」

「小野田に対する同情も相変わらずだね」

と、十津川は苦笑した。

「真犯人はこれを見て、手紙を書いていますかね？」

「いや、朝刊があんなに大きく取り上げたから、もう手紙は書いて投函しているかもしれないよ」

と、十津川はいった。

しかし、この日は何の反応も捜査本部に届かなかった。

翌日、十津川は期待を持って待ったが、真犯人からの手紙は来なかった。

マスコミの報道も、急激に冷めていった。新聞の一面まで占領していた事件の記事は、三面の片隅に押しやられた。北海道で交通事故があり、八人の乗客が死亡したので、その記事のほうが大きくなってしまった。

このままいけば、十津川たちがいくら頑張っても、真犯人が沈黙しているかぎり、マスコミが事件を終わらせてしまうだろう。

夜になっても、真犯人の声は届かなかった。

(あと一日か)

と、十津川は思った。

5

二日目の朝になった。

「今日で限界ですか」

と、亀井がいった。

「そうだ。今日何もなければ、捜査本部は解散だ」

「ひょっとして、真犯人はじっと、われわれが捜査本部を解散するのを待っているんじゃありませんか？ そうなれば、和歌山県警は、もう今度の事件は解決したと思っていますから、真犯人は大手を振って、新しい殺人を行なえるんじゃないかと思うんです」

「そうかな？」

「違いますか？」

「それはないと思うね。もし、そんな犯人なら、わざわざ予告の手紙など出さず、黙って第四の殺人を実行したにちがいないと思うからだよ。なぜか、犯人は途中から急に、挑戦的になってきているんだ。その性格が変わるとは思えないよ」

と、十津川はいった。

午後一時になって、やっと十津川の待っていた手紙が届けられた。前と同じワープロで打たれた手紙である。

〈この偽善の時代に、殺人までが同じことになるとは驚きである。紀伊田辺で、一人の女が意味もなく殺された。野村という男は、私ではない。私の予告は、依然として有効である。間もなく紀勢本線のKで、殺されるべき人間が殺されるだろう。

ただし、馬鹿騒ぎのせいで、犯行月日を十一月二十六日に変更せざるをえない。私にとって、第四の殺人は、この日に間違いなく実行される〉

前の予告に比べると、かなり長い文章になっていた。

文章は腹立たしげである。野村が紀伊田辺で、深見あけみを殺したことに腹を立てているのだろう。

十津川は、その手紙を亀井に見せた。

亀井は眼を通すと、顔を朱《あか》くして、

「勝手なことをいいやがって！」

と、舌打ちをした。

「消印は、相変わらず南紀白浜だよ」

「まだ、あそこにいるんですか」

「たぶん、白浜にいて紀伊田辺の事件を苦々しげに、見守っていたんだと思うね」

「いかにも自己顕示欲の強い犯人らしいじゃありませんか。自分に世間の注目が集まっていたのに、紀伊田辺の事件で野村や小野田に、スポットライトが集まってしまったので、腹を立てているんですよ」

と、亀井はいった。

「それはあるかもしれないね。こうした事件の犯人というのは、たいてい自分を英雄みたいに考えるものだからな」

「本当に二十六日に、また、二十一歳のOLでY・Hの女を狙うと思いますか？」

と、亀井がきいた。

「そして、右眼尻にホクロのある面長《おもなが》の美人をね。間違いなく、この人間はやる気だよ」

と、十津川はいった。

「どうしますか？」

「決まっている。南紀へもう一度行って、なんとしてでも、第四の殺人を防ぎ犯人を逮捕する。それがわれわれの役目だからね」

十津川は、きっぱりといった。

亀井は、肯いたが、

「和歌山県警は協力してくれますかね？　向こうは、もう捜査本部を解散してしまっていますから」

「かまわないさ。われわれだけでも頑張って、犯人を逮捕してやろうじゃないか。私の見るところでは、犯人は単独犯だ。二人で逮捕できないはずがないよ」

と、十津川はいった。

十津川は、警察宛に届いた手紙を三上本部長のところへ持って行き、亀井と二人で、もう一度、白浜行きを許可してほしいといった。

「これは本当に真犯人からの手紙かね？　ワープロを使えば、誰にでも書けるんじゃないのかね？　世の中には、悪戯《いたずら》好きがいるから、新聞で事件のことを知って、人さわがせな、こんな手紙を送りつけてきたんじゃないのかねえ。真犯人からのものと、どうやって判断するんだ？」

三上は疑わしげにいって、十津川を見た。

「匂いです」

「匂い？　何だね？　それは――」

「文章の調子といってもいいと思います。ふざけて、警察をからかっているようには思えないのです。絶対に二十六日に四人目を殺すと明言している感じがします」

と、十津川はいった。

「この手紙を君は公表する気かね？」

「したいと思っています」

「しかし、われわれが公表するということは、野村貢が連続殺人事件の真犯人ではないと明言するようなものだよ」

「わかっています」

「和歌山県警と、当然、摩擦《まさつ》が起きてくるよ。それはわかっているんだろうね？」

「もちろん覚悟しています」

「内緒にしておいて、ひそかに捜査を続行するわけにはいかんのかね？　それなら、和歌山県警と摩擦を起こさずにすむと思うんだが」

と、三上はいった。

十津川はそれに対して、

「私も内密に捜査したいと思いますが、犯人はおそらく、前と同じように、テレビ局や新聞社にも手紙を送りつけていると思います。したがって、この手紙を内緒にはできないと思いますね」

「マスコミにも送りつけているか？」

「われわれが握り潰《つぶ》すのを防ぐために、そのくらいのことはしていると思っています」

「やはり、記者会見をして、発表しなければおさまらないか」

「そうです。記者会見は部長にお願いします。私は一刻も早く南紀に行きたいのです」

「しかし、犯人は二十六日に殺すと書いている。まだ四日間あるじゃないか」

「今度こそ、絶対に犯人を捕まえたいのです。ですから、早く白浜に行きたいと思います」

「しかし、白浜は犯人のいうKじゃないだろう？」

「そうですが、なぜか、この犯人は白浜に固執しています。その理由も探ってみたいと思っているんですが」

と、十津川はいった。三上が行くなといっても、彼は白浜へ行く気だった。その気

持ちが三上にも伝わったとみえて、

「仕方がない。行きたまえ」

と、肩をすくめるようにしていった。

十津川はすぐ、亀井と二人、羽田空港へ向かった。

残念ながら、南紀白浜行きの便は最終が出てしまっていたので、一四時二五分発の大阪行きの全日空便に乗った。

一五時二五分に大阪に着くと、タクシーで天王寺まで行き、一七時〇〇分発の特急「くろしお25号」に飛び乗った。これで、今日じゅうに南紀白浜へ着けると思い、十津川と亀井はやっとなごんだ表情になった。

まだ夕食をとっていなかったので、駅で買った駅弁を広げた。

「犯人はなぜ、白浜に拘《こだわ》っているんでしょうか？」

と、亀井が箸《はし》を動かしながらきいた。

「それをずっと考えているんだがね。彼のいうKが白浜ならわかるんだが、違うからね」

十津川は、お茶に手を伸ばした。

「今度の事件には、わからないことが多すぎますよ。だから、なかなか犯人像が浮かんできません。たいていの事件では、これだけ時間があれば、犯人像が、自然に頭の中で形成されてくるんですが――」

亀井がいらだたしげにいう。

「カメさんのいうとおりだよ。和歌山県警が、山下や野村を犯人と思い込んだのは、無理はないんだ。あの二人は、いかにも、今度の事件の犯人らしかったからね」

「そうなんです。あの二人は、いかにも犯人らしく思えますからね。普通、連続殺人事件、それも若い女ばかりを殺す犯人像というと、山下か野村みたいな男になりますよ」

と、亀井もいう。

「本当の犯人は、まったく違うタイプの人間かもしれないな。だから、ずっと白浜にいても誰も気づかないのかもしれん」

十津川は煙草に火をつけた。

窓の外は、もう真っ暗になっていた。その夜景に眼をやりながら、

「今ごろ、犯人は何をしているかな?」

と、十津川は呟いた。

「ホテルに泊まっているとなると、夕食をしながら、窓の外に広がる夜の海を眺めて

いるんじゃないですか」

亀井は、そんなことをいった。

「夜の海をねえ」

「南紀なら、海でしょう?」

「ああ、まず海だ。犯人も海が好きかな?」

「何となく、じっと海を見ている男の姿が浮かんできますね。それも、昼間の明るい海ではなく、夜の暗い海です」

と、亀井はいう。

十津川は微笑して聞いていたが、ふいに、

「なぜ、Kなのかな?」

と、いった。

「なぜといいますと?」

「犯人は、二十六日に、Kで四人目の女性を殺すと宣言している。なぜ、そんなことができるのかと思ってね」

「警部の疑問が何なのか、よくわかりませんが」

と、亀井は戸惑いを見せてきいた。

「こういうことさ。二十六日は四日後だよ。犯人は四日後に殺すといってるんだ。相手は、独身のOLだということは間違いない。独身のOLは気ままなものだよ。突然ふらっと、気まぐれな旅に出てしまうかもしれないんだ。犯人が狙っている女が、Kに住むOLだとしても、四日後の二十六日にも、Kにいるという確証はまったくないんだ。それなのに、なぜ犯人は予告の手紙に二十六日にKで殺すと、書けるのだろうかと思ってね」

と、十津川はいった。

亀井は納得したという顔で、

「なるほど、たしかにその疑問がありますね」

「犯人は現に、十九日にKで殺すと書き、今度は、二十六日にKでと書いている。つまり犯人は、十九日と一週間後の二十六日の両日には、次の犠牲者が必ずKにいるという確信を持っていたことになる」

と、十津川はいった。

「さもなければ、別の場所で殺しておいて、Kに運ぶ気でいるのかもしれません」

と亀井がいう。

十津川は、頭を小さく横に振った。

「それは違うね。わざわざ死体を運ぶような、危険な真似はしないだろうよ」

一八時五六分に、白浜に着いた。

二人は、駅前からタクシーに乗り、前に泊まったホテル「シー・モア」に向かった。

ホテルのフロントは、十津川たちを覚えていて、前と同じ部屋に案内してくれた。

部屋に入ると、十津川は夕刊を広げて、眼を通した。

真犯人からの手紙のことが、大きくのっていた。やはり相手は、マスコミにも同じ趣旨の手紙を送りつけていたのだ。

〈連続殺人事件の真犯人(?)から、当社に挑戦状。犯人はおれだ。二十六日にKで、四人目を殺すと〉

〈警察は、大あわて！　紀伊田辺で死んだ男は真犯人ではない〉

そんな言葉が、社会面で躍っている。

「和歌山県警は、どうしていますかね？」

と、亀井が新聞から眼をあげて、十津川にいった。

「真犯人は、きっと和歌山県警にも手紙を送っているよ。からかい気味の文章のね」

と、十津川はいった。
十津川は立ち上がり、窓の外に眼をやった。
亀井は今ごろ、犯人も夜の海を見ていると思うと、いった。
(本当に見ているのだろうか?)
そして、何を考えているのだろうか?

第六章　犯人像

1

「カメさん。この犯人について、二人でじっくりと考えてみないか。ただいたずらに、犯人に引き廻されているのも、知恵のない話だからね」

と、十津川はいった。

「いいですね。やりましょう」

亀井が、すぐ応じた。

「この犯人は、野村を犯人とした和歌山県警の態度に、抗議の手紙を送ってきた。これはいったい、何なのだろうか？　普通の犯人なら、連続殺人をやってきて、警察が間違えて別人を犯人と断定してくれれば、ニヤリとするはずだ。自分が安全圏に、入ってしまうからだよ。ところが、すぐ抗議の手紙を送ってきた。警察にだけでなく、マスコミにもね。ここに犯人の性格と、連続殺人の動機が、現われているような気がするんだがね」

と、十津川がいった。亀井も大きく肯《うなず》いて、

「その点は、私も引っかかっていたんです。自分以外の男が、連続殺人事件の犯人ということになって、真犯人は、自尊心を傷つけられたのかとも思いました。殺人の予告状を出してくるのは、明らかに自己顕示欲の強い男と思うからです。しかし、ただ単に自己顕示欲が強いだけだとは、考えられない節もあります」

と、いう。

「どこがだね？」

「ただ単に自己顕示欲が強いのなら、最初から、警察やマスコミに対して、予告や挑戦状を送りつけたのではないかと思うのです。ところが、第一、第二の殺人までは、まったくそうした気配はありませんでした。それが白浜へ来てから、なぜ急に予告状を送り始めたのか、そこがわからないのですよ」

「犯人の気がそのあたりから、変わり始めたということかな？」

「なぜ変わったかが、問題だと思うのですよ」

と、亀井はいった。

「その点は、改めて考えてみよう。ほかに引っかかることがあるかね？」

と、十津川はきいた。

「素朴な疑問として犯人の動機があります。犯人は、すでに三人の若い女を殺しているんですが、ただ単なる殺人狂には思えません。若い女なら誰でもいいというわけでは、なさそうだからですよ。殺された女がすべて二十一歳のOLで、名前がY・Hだからです」

「それに、右の眼尻に小さなホクロがあることも共通している」

「そうですね。また身長もだいたい同じでした。身体つきもです。顔立ちもいわゆる卵型で、美人でした。なぜそうした女だけを選んで、殺したのか。それが解明できれば、犯人の身元も、自然とわかってくると思うのです」

「たしかにカメさんのいうとおりだな。ただ若い女に対して、異常な欲望なり、憎しみを持っているんじゃない。イニシアルがY・H、OL、二十一歳、右の眼尻の下のホクロといった、特定の女に対する欲望、憎悪なんだよ。これはいったい何だろうね？」

十津川は、自問する口調でいった。この疑問は彼自身、ずっと考えつづけてきたことなのである。

「その条件の女に、手ひどく振られて傷ついたので、復讐《ふくしゅう》しているということは考えられませんか？」

「それなら、彼女一人を殺せば気がすむんじゃないかね？　似た女を次々に殺していく説明がつかないよ」

と、十津川はいった。

「そうですね。ほかにも疑問があります。被害者の額《ひたい》につけられた×の切り傷は、何を意味しているのか？　それに殺された三人は、犯人に犯された形跡がありません。被害者の膣内から、男の精液が検出されないからです。なぜなのか、それも疑問です。ひょっとすると、犯人は男ではなくて、女じゃないかと考えたこともありましたよ」

「女ねえ」

「まあ、それはひょっとしてと考えただけで、ナイフで突き刺して殺すというのは、力の強い男の犯行というほうが、納得できます。心臓にまで達している刺し傷ですから」

「額のクロスの傷は、何を意味するんだろう？」

と、十津川は相変わらず、自問の感じで口にした。

「キリスト教なら十字架ですが、違うようですね。十字ではなく×ですから。よくアメリカ人なんかが、指をクロスさせますね。あれはまじないだと、聞いたことがあります。呪術《じゆじゆつ》みたいなものだと」

「なるほどね。呪術か」

2

「そう考えると、この一連の殺人は、男の欲望というものではなく、何かの恨みというふうに、考えたほうがいいと思うのです」

と、亀井はいった。

「その恨みの内容が、問題だがね」

「普通に考えられるのは、女の裏切りです。しかし、警部がいわれたように、それならその相手の女を殺してしまえば、終わりですからね」

亀井は、眉を寄せ考え込んだ。

「つまり犯人は、相手を特定できずに、次々に女を殺していることになるのだろうか？」

と、十津川がいった。

「そう考えるより仕方がありません。犯人は殺さなければならない女について、それが二十一歳のOLで、名前のイニシアルはY・H、右眼尻にホクロがある、身長は一六〇センチ前後の卵型の美人であることしか、知らないんじゃないでしょうか。だから、その条件に合った女を、次々に殺しているんじゃないでしょうか？」

「しかし、カメさん、この条件に合った若い女は、日本じゅうに何十人、いや何百人もいるんじゃないのかね？　犯人は、それを全部殺す気でいるんじゃないと思うよ」

「いくらなんでも、そんなには殺せないでしょう。たぶん、この女にちがいないと思って、一人、二人と殺してきたんだと思います」

「東京から南紀に移ってきたのは、目的の女が南紀にいるらしいと、聞いたからかな」

「そう思いますね」

「しかし犯人は、なぜ三人も殺しながら、本命に当たることができないんだろう？　いいかえると、犯人はなぜ目的の女のフルネームを知らないんだろう？　フルネームを知っていれば、次々に殺していかなくてもすむはずだからね」

十津川は、首をかしげた。

「犯人自身の復讐じゃないということじゃないですか？」

と、亀井がいった。

「誰かの復讐をしているということかね？」

と、十津川。

「そうです。犯人の大事な人が殺されたか、自殺したかしたんじゃないでしょうか。その復讐をしているんですよ。だが、大事な人が死んでしまっているので、仇《かたき》のフルネームがわからない。ただ、イニシアルがY・Hで、二十一歳のOLで、右眼尻にホクロが――といったことだけが、わかっているという状況で、復讐しているんじゃないかと思いますね」

亀井は、考えながらいった。

「しかしカメさんは、犯人は男と思っているんだろう？」

「そうです」

「すると、死んだ犯人の大事な人は、当然女ということになってくるんだが、それでも殺したい相手は女になるのかな？」

と、十津川はいった。

「そのところは、はっきりしませんが――」

亀井は、あいまいな語調になった。

「もう一つ、私には引っかかることがあってね」

と、十津川がいうと、亀井は、

「わかっています。犯人が、手紙に書いてきた、紀勢本線のKのことでしょう？」

と、いった。

「そうなんだよ。あれが何処《どこ》かわかれば、なんとか対応の仕方もあるんだが、決めかねているんだ。いちばんわからないのは、犯人が白浜に拘《こだわ》っている点だよ」

「犯人は、手紙を相変わらず白浜から出していますね」

「それなんだよ」

と、十津川は小さく肯いた。

「もし、Kのつく町から手紙を出したら、場所がわかってしまうからじゃありませんか？　白浜から出して、われわれ警察を振り廻す気でいるようにも、思えますが」

「Kでも、違うKの町で手紙を出せば、よけい警察を混乱させられるはずだよ」

と、十津川はいった。

「それはそうですが。警部は別の理由で、犯人が白浜に拘っているとお考えですか？」

亀井が、きいた。

「私はね。ひょっとすると、白浜が犯人のいうKじゃないかと、思うことがあるんだよ」

と、十津川はいった。

亀井は、「え？」という顔になって、

「しかし、警部。白浜はKじゃありませんよ。南紀白浜といい代えても、イニシアルはKにはなりません」

「わかってるさ。だがね。犯人は白浜に居つづけている。本来なら、犯人にとってこんな危険なことはないはずだよ。犯人が逮捕されないのは、われわれが相手の顔を知らないからなんだ。それでも動かずにいるのは、犯人にとっても、とても不安なはずだ。それをじっと我慢して、なぜ白浜にとどまっているのだろうか。それが不思議で仕方がないんだよ」

「それは絶対に捕まらないという自信があるからじゃありませんか？」

「なぜ？」

「なぜって、今、警部がいわれたように、われわれ警察が、犯人の顔も名前もわかっていないからですよ」

「しかし、カメさん。われわれが何も知らないことは、犯人にはわかっていないんじゃないかね？」

と、十津川がいった。

「それはそうかもしれませんが――」

「犯人は、追われているんだ。一見、自信満々に見えるが、いつ捕まるかもしれぬという恐怖は持っていると思うよ。そして、恐怖は、不必要な想像力をかき立てるものなんだ。よく誘拐犯がいうじゃないか。身代金を受け取ろうとすると、周囲の人間が全部刑事に見えてしまうとね。今度の犯人だって、同じだと思うよ。警察の手が、近くまで迫っているのではないかという不安は、絶えず持っていると思うね。警察が何も発表しなくても、それは情報をおさえているのだと思うだろうしね」

「それなのに犯人は、なぜ白浜から動かないんでしょうか？」

と、今度は亀井が、質問した。

「だから、私は四人目の犠牲者は、この白浜にいるような気がして仕方がないんだよ」

と、十津川はいった。

「紀伊田辺なんかではないんですか？」

「ああ、そうだ。Kが紀伊田辺ではないかというのは、マスコミが書いたんだ。野村はそれに悪のりしてというか、便乗してというか、紀伊田辺の町へ行き、何の関係もない女性を殺した。それでも連続殺人犯の犯行にできると、思ったんじゃないのかな。ところが、小野田が彼を尾行していて、その犯行を目撃し、やはり野村が東京で長谷川弓子を殺したと確信し、その仇を討つ気で野村を殺してしまった。その間、真犯人が、白浜から紀伊田辺に動いた気配が、感じられないんだよ」

「私もその点は同感ですが、やはり白浜はKではありませんよ」

「わかってる。だから、迷っているんだよ」

十津川は、小さな溜息をついた。

それがわかれば、何処に張り込めばいいか見当がつく。白浜なのか、そうでないのか、それだけでもわかれば、と十津川は思うのだが、依然として不明である。

Kは白浜のイニシアルにはならないが、それなら、なぜ犯人がこの町にとどまっているのか、それがわからないのである。

何か理由がなければ、犯人は動くはずだと、十津川は思っている。常に動き廻っていることが、犯人にとって安全だと本能的に感じるはずなのだ。

「理由は二つ考えられるよ」

と、十津川は声に出していった。

「一つはわかります。犯人はKで殺すといって、白浜以外の場所に、警察やマスコミの注意をそらしておくためじゃありませんか？」

と、亀井はいった。

「犯人は嘘をついているということかね？」

「そうです。もともと、相手は連続殺人の犯人ですからね。悪人ですよ。その悪人が、正直に次の殺人の場所を警察やマスコミに知らせるはずがないんです。そう考えれば、むしろKのつく町よりも、そうでない町のほうが危険なわけです」

と、亀井はいう。

「なるほどね。犯人はわれわれを欺《だま》す気だということか」

「そうです」

「第二の考えが何かわかるかね？」

「さっき、警部がいわれたことですか？　この白浜がKにつながっているんじゃないかという――」

「そうなんだよ」

「しかし、白浜はどう考えてもKじゃありませんよ」

と、亀井はいった。

「しかし、そうなると、第一のケースということになるんだがね、もし、犯人がわれわれやマスコミを欺す気なら、わざと予告状や今度の挑戦状も、Kの駅なり町なりで、投函するんじゃないかね？　たとえば、二人が殺された紀伊田辺で投函する。そうすれば、また紀伊田辺が注目される。私やカメさんだって、紀伊田辺をマークするからね。そうしておいて、白浜で四番目の殺人を実行する。これがいちばんやりやすいと思うがね」

「たしかにそうですが――」

亀井が、また考え込んでしまった。

十津川は、これまでに殺された三人のY・Hの女性の写真を並べていった。

「最初の殺人のとき、犯人は、別に予告状も出さなかった。二人目の原口ユキが、新宮で殺されたときもだよ。三人目平山八重を串本で殺したときも同じだ。そのあとで四人目を予告した。なぜ、四人目から急に予告するようになったんだろうか？」

十津川は、並べた三人の写真を見ながら、いった。

「なかなか捕まらないので、次第に図々しくなって、大胆不敵になってきたんじゃありませんかね」

と、亀井がいった。

「それはあるかもしれないね。要するに、警察をバカにし始めたということだろう？」

「そうです。捕まえられるものなら、捕まえてごらんというわけですよ。自分が大物に思えてきたんじゃありませんかね。マスコミが書き立てましたから。そう考えれば、野村は真犯人じゃないという手紙を寄越《よこ》した理由も納得できますよ。おれは、今やマスコミの英雄なんだ。それをニセモノなんかに代わられてたまるかと思ったんじゃありませんか」

と、亀井が力を籠《こ》めていった。

第二の殺人のときまで、第一の殺人との関連がはっきりしなかったので、マスコミもさほど騒がなかった。

しかし、第三の殺人になって、奇妙な連続殺人ということで大騒ぎになった。犯人はどんな人間なのかというので、心理学者なども登場してきて賑やかになった。

犯人は、そうした騒ぎを見て、舞いあがってしまったのかもしれない。

自分の力を過信し、警察を翻弄《ほんろう》したり、マスコミを騒がせたりすることが、快感になったということは、十分に考えられるのだ。

それには、次の殺人を、予告すればいいのである。警察はあわてた。それを見て犯人は、犯人の予想したとおり、マスコミが飛びつき、警察はあわてた。それを見て犯人はほくそ笑んでいたのかもしれない。

ところが、紀伊田辺で若い女が殺され、県警は野村貢が連続殺人の犯人だと発表した。それだけでなく、これで問題の連続殺人は解決したと声明したので、真犯人の自慢の鼻が折られてしまった。

かっとした犯人は、あわてて手紙を警察とマスコミに送った。

これが、亀井の推理だろう。

納得できる推理だが、十津川はすぐには賛成できなかった。

亀井の推理では、説明のつかないこともあったし、彼の推理が犯人の逮捕につながっていきそうになかったからでもある。

3

「今度は、犯人像を、考えてみようじゃないか」

と、十津川はいった。

本来なら、第四の殺人が迫っているのだから、議論よりも行動したいところである。それができないのは、ここまで来ながら犯人について、ほとんど何もわかっていないからだった。

わからない以上、今までのことから、推理するより仕方がない。

「簡単なことからやっていきませんか」

と、亀井がいった。

「いいよ。まず、何から始めるね？」

「男か女かから始めましょう。今までのところ、男だということで、警部と私の考えは一致していましたね」

「そうだ。私も男と思っている」

「年齢は何歳くらいだと思われますか？」

「ワープロを使って手紙を書いていることからみて、そんなに高年齢とは思えないね。せいぜい、四十代の前半までだろう」

「そうです。私は四十五歳でワープロも使いますが、何もかもワープロでは疲れてしまいます。まあ筆跡を隠すために、ワープロを使うということもあると思いますが、それでも五十代は使わないと思いますね」

と、亀井もいった。

「文章の調子から考えると、十代も考えにくいね」

「二十代後半から、四十代前半ですか」

「少し広すぎるかな」

「あとで、少しずつせばめていきましょう」

と、亀井はいってから、

「仕事は何でしょうか？」

「最初は日曜日に殺していた。しかし、最近は違っていることから考えると、サラリーマンだったが、途中から会社を辞《や》めてしまったのかもしれないね」

と、十津川はいった。

「これだけでは、何もわからないのと同じですね」

亀井が、苦笑する。

「殺人の現場周辺で、何か聞き込みがあればいいんだがね」

と、十津川はいった。

今度のような事件では、被害者の経歴から犯人に到達することは、不可能に近い。犯人が、自分と関係のあった女を、殺しているとは思えなかったからである。

そうなると、殺人現場周辺の聞き込みが頼りなのだが、今のところ、怪しい人物を見たという目撃者は、現われていないのである。

特に、新宮と串本のケースが、難点だった。県警が、山下と野村という二人の容疑者を最初から考えていて、この二人の行動を追っていたからである。

「別の角度から、やってみよう」

と、十津川はいった。

「別の角度といいますと？」

「犯人は今までに三人の女を殺している。何回も繰り返すが、全員二十一歳のＯＬで、名前はＹ・Ｈ、右眼尻のホクロが、共通している。しかも、東京だけではなく、南紀の女も入っている。犯人はそれをどうやって、見つけたんだろう？」

と、十津川は、これも自問する口調でいった。

「そうですね。まさか、それらしい若い女がいたら、やみくもに年齢や職業、名前を質問したとは思えませんが」

「そんなことを犯人がしていたら、今ごろ噂になっているさ。外見でわかるのは、顔立ちと背恰好、それに右眼尻のホクロだけだからね。そんな女を見つけるたびに、名前や年齢、職業を聞き廻っていたら、必ず噂になっているよ」

と、十津川は笑った。

「そうなると、わからなくなりますね。まさか、犯人が神通力《じんつうりき》を持っているとも思えませんから」

「カメさんならどうやって見つけるね？」

「私ですか」

「そうだ。どうやるね？」

「警察の組織を使えばできますが、ひとりでは無理ですね」

「私立探偵などに頼んだかな？」

と、十津川はいった。

「その可能性はありますね。最初のうち、会社勤めをしていたとすると、自分では自由に動けませんから、私立探偵に頼んだということは十分に考えられますよ。私もたぶんそうすると思います」

「それを調べてみよう。まず東京からだ」

「西本刑事に連絡します」

と、亀井はいい、すぐ電話をかけた。

もし、犯人が私立探偵などに頼んでいたとすれば、特異な依頼だから、すぐわかるだろう。

十津川は、そこに期待をかけた。

しかし、翌朝、西本刑事が東京から電話してきて、その期待が外れたことを知った。

「都内の私立探偵社その他を片っ端から当たってみたんですが、そうした調査依頼を受けたことはないということです」

と、西本はいうのだ。

「それは間違いないかね？」

「連続殺人事件に関係していることですから、連中も職務上の秘密とはいえなかったと思いますね」

「個人でやっている私立探偵にも、話を聞いたかね？」

「電話帳にのっているものは、全部当たってみました。もし犯人が依頼したとしても、電話帳を見て頼んだと思いますから」

と、西本はいった。

「わかった」

と、十津川は肯き、電話を切ったが、しばらく考えてから、

「カメさん、東京へ帰るよ」

「しかし、犯人が予告した日は三日後です」

「わかってるが、このままでは対応の仕方がわからないんだよ。それなら東京に戻って、調べたいことがある」

「どんなことですか？」

「それは、帰りの飛行機の中で話すよ」

と、十津川はいった。

二人は、急遽《きゆうきよ》南紀白浜空港へ行き、午前一〇時一〇分発の東京行きの便に乗った。

東京まで一時間三十五分の飛行である。

水平飛行に移ったところで亀井が、

「もう、話してくださってもいいでしょう？　何をしに東京に戻るんですか？」

と、いった。

「犯人がどうやって、二十一歳のOLで、Y・Hの名前の女性を探したか、それを調べるんだよ」

と、十津川はいった。

「しかし、西本刑事の調べでは、私立探偵社などに頼んではいないということですが」

「ああ。だから犯人は自分一人で調べたんだと思うよ」

「しかし、どうやってですか？　一人ではとても調べられることじゃないと思いますが」

「たしかにそうだが、今の世の中は情報時代だからね。どんな情報でも金さえ出せば、手に入る世の中だとすれば、犯人はそれを利用したんじゃないかと思うんだよ」

と、十津川はいった。

「そういう話は、前に聞いたことがありますが、実際にこの眼で確認したことはありません」

「二人で実態を見てみようじゃないか」

と、十津川はいった。

羽田に着いたのは、予定より十五分おくれて、十二時ちょうどである。

空港には西本刑事が、パトカーで迎えに来ていた。

いったん警視庁に戻り、そこで都内にあるデータ・バンクを調べ、いちばん大きな会社を訪ねることにした。

新宿西口《しんじゅく》の高層ビルの三階にある会社だった。

社長は元警察官ということで、保管されているデータを親切に見せてくれた。

十津川は保管されているデータの範囲の広さに、まずびっくりした。

各大学の卒業生名簿や、大会社の退職者名簿などは当然あると思っていたし、利用価値も高いだろうが、中には「精力剤を常用している男性の名簿」などというのもあった。そういうデータは、いったいどんな人間が利用するのだろうか。

十津川は、安田《やすだ》という社長に対して、直截《ちょくせつ》に質問した。

「もし、私が二十一歳のOLの名簿を見たいと思ったら、ありますか？」

「独身のOLですね？」

「そうです」

「もちろんありますよ」

と、安田は肯き、何冊もの名簿を持って来てくれた。

昭和××年生まれのOL一覧といった分類になっている。その中の一冊が、二十一歳のOL一覧というわけである。

「どんな人たちが、買うんですか？」

と、十津川はきいた。

「いろいろな職業の方が利用しますよ。独身で二十一歳というと、結婚適齢期ですからね。いわゆる結婚産業の方も利用されるし、旅行業者の人も、エアロビクスの会員を募《つの》っているクラブのオーナーなんかもです」

と、安田はいった。売り方は、一名につき二十円から五十円だという。ＯＬ一覧の中から、大企業のＯＬだけを集めた名簿もあり、このほうが一名につき五十円するのだといった。

「最近、個人でこの二十一歳のＯＬの名簿を、見に来た人間はいませんか？」

と、十津川はきいた。

「個人でいらっしゃった方はいませんね。みんな商売で利用される方ですよ」

と、安田はいった。

（犯人も、おそらく会社で利用するのだということにして、名簿を見たのだろう）

と、十津川は思った。

「利用者の名前はわかりますか？」

と、十津川はきいた。

「それは、秘密を守らなければならないので――というわけにはいきませんね？」

「なにしろ、殺人事件に関係していますからね」

と、十津川はいった。

安田は、ここ六カ月間に、二十一歳のＯＬの名簿を利用した企業と、その代表者の名前を見せてくれた。

全部で八社の社名と、代表者の名前が書かれてあった。

「全部本当の名前ですか？」

と、十津川がきくと、安田は笑って、

「それはわかりません。きちんとお金を払ってくださるお客に対して、いちいち確認はとれませんから、向こうが書かれた名前を信用するしかないんですよ」

と、いった。

十津川と亀井は、その名前を手帳に書き留めた。

十津川は、そのあと二十一歳のＯＬの名簿の中で、「Ｈ」のページを開いた。

東京で殺された、長谷川弓子の名前ものっていた。彼女が勤めている会社名、自宅住所と電話番号ものっている。

「この八社のうち、『Ｈ』の項にのっているＯＬの名簿だけを、買っていった人はいませんか？」

と、十津川はきいた。

「Ｈの項だけですか？」

と、安田はきき返してから、

「たしかこの会社でしたよ」

と、「ブライダル・サービス」の名前を指さした。代表者の名前は中根弘《なかねひろし》となっている。

「なんでも結婚に関してあらゆることをやっている会社だそうですよ。集団見合いから、結婚式の企画、引出物の販売といったことをです。それで、独身のＯＬの名簿が必要になってくるんだといっていましたね」

「なぜ『Ｈ』の項だけ必要なのか？　いっていましたか？」

「いや、それはお客の事情ですから、いちいちおききはしませんよ」

4

「これは東京都内だけの名簿ですが、日本全国の、二十一歳のＯＬの名簿というのはあるんですか？」

と、亀井が質問した。

「もちろんありますよ。北海道、東北《とうほく》、関東《かんとう》と、地区別になっていますが」

「近畿《きんき》地区のものもありますね？」

「もちろんあります。近畿地区の場合、大阪は人数が多いので、別冊になっています」

と、安田は丁寧に答えてくれた。

和歌山のＯＬは、近畿地区の名簿に入っていた。

十津川と亀井は、その名簿を見せてもらった。

「Ｈ」の項を開け、一人ずつ見ていくと、やはりのっていた。

二人目の犠牲者原口ユキと、三人目の平山八重の名前である。

「このブライダル・サービスの中根弘ですが、近畿地区の名簿も見ていったんじゃありませんか？」

と、十津川はきいた。かなりの確信を持ってきいたのだが、安田は、

「いや、この方が見ていったのは、都内のものだけでしたよ」

と、あっさりいった。

（違ったのか？）

と、十津川は思いながら、

「この近畿地区の名簿を見られるのは、ここだけですか？」

と、きいてみた。

「いや、うちは六大都市に支店を持っていますからね。こうした名簿はすべてコピーして、各支店に置いてありますよ。利用料金はどこでも同じです」

「大阪の支店で、ブライダル・サービスの中根弘が、二十一歳のOLの近畿地区の名簿を見に来たかどうか、調べてくれませんか？」

と、十津川は頼んだ。

安田は、すぐ大阪支店に電話をかけてくれた。

だが、安田は電話機の送話口を手で押えて、

「大阪支店では、ブライダル・サービスの人は来ていないといっていますがね」

と、十津川を見た。

「それなら別の名前を使ったかもしれません。とにかく、ここ一カ月の間に大阪支店で、二十一歳のOLの名簿を利用した会社と代表者の名前を、聞いてみてください」

と、十津川はいった。

安田は、それを電話でいっていたが、返事を聞いてまた、送話口を押え、

「大阪・天王寺の共栄《きようえい》サービスという旅行会社で、そこの営業部長が利用しに見えたそうですよ。名前は、長坂史郎《ながさかしろう》だということです」

と、十津川にいった。

「その長坂という男は、こちらのブライダル・サービスの中根と、同じ人間かどうかきいてみてください」

と、十津川はいった。

安田は、電話で長坂史郎の顔立ちなどをきいていたが、今度は受話器を置いて、

「たしかに似ているみたいですね」

と、十津川にいった。

「では、その人相を教えてください」

と、十津川は頼んだ。

安田は考えながら、

「年齢は、三十五、六歳といったところでしたね。細面《ほそおもて》で鼻が高く、唇がうすかったですよ。美男子といっていいんじゃないかな。背は一七五、六センチでしたね。どちらかといえば、痩身《そうしん》といったほうがいいと思いますよ」

と、いった。

十津川は、安田に似顔絵を描いてもらった。

安田は、かなり上手《うま》く描いてくれた。

なるほど、男にしては眼が大きく、なかなかの美男子に見える。

「なんだかハーフの感じですね」

と、亀井がいった。

「そうなんですよ。よくいうでしょう。日本人離れした顔って。それですよ」

安田が、笑顔でいった。

「全体から受ける印象はどんなですか？」

と、十津川がきいた。

「そうですね。お洒落《しやれ》な感じでしたよ。紺のブレザーがよく似合っていましたね」

と、安田はいう。

「ほかに、何か特徴はありませんでしたか？」

「特徴ねえ。今いったことぐらいしか覚えていません」

と、安田はいった。

十津川は礼をいい、亀井とそのビルを出た。パトカーに戻ってから、亀井は興奮した口調で、

「中根弘という男が犯人でしょうか？」

と、十津川にきいた。

「今の段階では何ともいえないが、可能性はあるね」

「これからどうしますか?」

「もちろん、少し調べたあとで、もう一度白浜へ行く。第四の殺人は、三日後に行なわれるんだからね」

と、十津川はいった。

二日後の午後。南紀白浜行きの飛行機は、一三時四〇分の最終便がもう出てしまっている。

十津川たちは、羽田から大阪行きの飛行機に乗ることにした。

一四時五五分の全日空に乗った。

大阪着が一五時五五分。ここから先は紀勢本線である。

この前と同じ、一七時〇〇分天王寺発の、特急「くろしお25号」に乗った。二時間近くで、白浜に着いた。

周囲はすでに暗くなっている。

二人は駅前でタクシーを拾い、白浜警察署に直行して、中村警部に会った。

中村は自分たちの追いかけていた山下と野村の二人が、連続殺人事件の犯人ではないとなって、さすがに意気消沈していた。

「これを、たくさんコピーしてくれませんか」

と、十津川は中村に、持って来た似顔絵を見せた。

「何ですか？　この男は」

と、中村がきく。

「連続殺人事件の容疑者です」

と、十津川はいった。

中村は、信じられないという顔になって、

「本当ですか？」

と、念を押した。

「おそらく、この男が犯人だと思いますが、証拠はありません」

十津川は、データ会社のことを中村にくわしく話した。

中村は肯きながら聞いていたが、

「それなら、状況証拠は十分じゃありませんか？」

「いや、そうもいえませんよ。データ会社で、二十一歳のＯＬの名簿を買ったとしても、それが今度の事件の犯人の証拠にはなりません。公判では、おそらく何の力にもならないと思いますよ」

と、十津川はいった。

「しかし、十津川さんは、それを確信の根拠とされているわけでしょう？」

「そうです。しかし、証拠としての力はありません。ですから相手にわからないように、捜査を進めていきたいのですよ」

「具体的にどうしたいんですか？　どんなことでも協力しますよ」

と、中村はいった。それに対して、十津川は、

「犯人は、この白浜から、二回手紙を警察とマスコミに出しています。最初の殺人が東京ですから、白浜に家があるとは思えないので、犯人はおそらく、白浜のホテルか旅館に泊まっているのではないかと思うのですよ」

「わかりました。この似顔絵はコピーして刑事たちに持たせ、白浜じゅうのホテル、旅館に当たるわけですね」

「そうですが、それを極秘にやってほしいのです。今もいいましたように、この男が犯人だという証拠はありませんから、この段階では、絶対に逮捕状は出ないでしょう。もし、われわれが調べているのを知られて、逃げ出したら捕えることができません」

と、十津川はいった。

「予告状では、明日、四人目を殺すと書いていますが、この男が動くのを待って、有無をいわさず逮捕するわけですね？」

中村はしたり顔でいった。

「そうなればいいと思いますが、もちろん、その前に犯人の確証が得られれば、いちばんいいと思っています。なんといっても明日になって、犯人が動くのを待ってとなると、危険が伴いますからね。何としても、四人目の犠牲者は出したくないんですよ」

と、十津川はいった。

似顔絵は、ただちに何十枚もコピーされ、それを持った県警の刑事たちがひそかに捜査に乗り出した。

一方、十津川は東京に残っている西本刑事たちにも、似顔絵をファックスで送っておいた。

なんとかして、この男の素性《すじよう》を知りたかったのである。

この男がデータ会社に話した「ブライダル・サービス」という会社も、「中根弘」という名前も、実在しないだろうと、十津川は思っている。

だが、西本たちにはそれが偽名かどうかの確認から、やらせることにした。

返事はすぐ来た。

「やはり、ブライダル・サービスというのは、嘘ですね。同じ名前の会社はありますが、データ会社を利用したこともないし、中根弘という人間もいないそうです」

と、西本刑事は電話してきたからである。

「この男が、新宿のデータ会社に行き、問題の名簿を買ったのは二カ月前ごろだ。とすると、その前に何かあって、二十一歳のOLでY・Hの女を殺し始めたんだと思う」

十津川がいうと、西本は、

「わかりました。東京で起きた事件ということでしょうか？」

「第一の殺人が東京だからね。その原因となった事件も、東京で起きたんじゃないかと思っている」

「調べてみます」

「おそらく、男女間のもつれで起きた事件だと思うね。ひょっとすると、刑事事件になっていないかもしれない」

「といいますと？」

「殺人事件には限らず、自殺したケースもということだよ。自分の愛する者を殺された場合は、たしかに怒りがわきあがってくるだろうが、事件として警察が犯人を追ってくれる。しかし、自殺のほうは警察が動かないから、よけいに怒りが高まるかもしれないからね」

と、十津川はいった。

「わかりました。とにかく調べてみます」

と、西本はいった。

十津川と亀井は、ホテル「シー・モア」で結果が出るのを待つことにした。

白浜温泉と、その周辺のホテルや旅館の数は多い。

だが、今は観光シーズンから外れているので、泊まり客は少ない。十津川の泊まっているホテルも、それを利用して、一部を改装しているくらいである。したがって、結果は簡単に出るものと思っていたのだが、中村警部からの報告は芳《かんば》しいものではなかった。

県警の刑事たちが、一軒一軒廻って歩いたのだが、似顔絵の男が、今泊まっているとか、前に泊まっていたという話を聞くことができないというのである。

「全部調べましたが、期待した客は見つかりません」

と、中村は電話でいってきた。

さすがに、十津川は失望に襲われた。

「この似顔絵が、違っているということはありませんか？」

と、中村がきく。

「それは、ないと思っていますがね」

「しかし、どのホテルや旅館にも泊まっていませんよ」

「白浜には、ホテル、旅館のほかに泊まる場所はありませんか？」

と、十津川はきいた。

「ほかというと、会社の保養所がたくさんありますよ。ある地区なんかは、会社の名前で埋めつくされています。ここは夏は、海水浴ができるし、温泉もあるので、いろいろな会社の保養所と海の家が、たくさんあるんです」

「この時期はどうなっていますか？」

「管理人をおいていますが、海水浴シーズン以外は、ほとんど泊まり客がないんじゃありませんかね」

と、中村はいった。

「その海の家と保養所も調べてください」

「しかし、犯人が会社の人間とは思えませんが」

「犯人が、サラリーマンだった可能性が強いんです。第一と第二の殺人は、日曜日に起きていますから」

と、十津川はいった。

5

その夜おそくなって、中村が十津川たちの泊まっているホテルに、飛んできた。

興奮した顔で、

「いましたよ。あの似顔絵の男が」

と、いう。

「いましたか」

十津川の声も、自然に大きくなった。

「国立病院の近くに、会社の保養所が集まっている地区があるんですが、そこに『城南交易《じょうなんこうえき》』という会社の保養所があります。東京の会社です。どうやら、問題の男がそこに泊まっていたようです」

「というと、今はいないんですか？」

「昨日出て行ったと管理人はいっています」

「その管理人に、会いたいですね」

と、十津川はいった。

中村の案内で、十津川と亀井は、問題の保養所に出かけた。

高台の一角に、さまざまな会社の保養所や海の家の標識が、無数に並んでいた。車がS字カーブの道を登っていくと、右も左も会社の名前である。

有名な銀行や保険会社の、保養所や海の家もある。

上のほうに、「城南交易保養所」の表札がかかっていた。

今は泊まり客がいないらしく、ひっそりしている。

管理人は、六十五、六歳くらいの男で、城南交易を停年退社したあと、嘱託《しょくたく》の形でここの管理人を、やっているのだということだった。

「高沢《たかざわ》さんは、二十日前に、突然お見えになったんですよ。幸い空いていたので、お泊めしたんですがね」

と、管理人はいった。

「高沢というんですか？」

「そうですよ。営業の高沢さんです」

「前から知っていたんですか？」

「ええ。去年の夏に見えましたからね。気さくな方で、この管理人室で一緒に飲んだりしたので、よく覚えているんですよ」

「今でも、城南交易にいると思ったんですか？」

と、十津川がきくと、管理人はびっくりして、

「辞めたんですか？　高沢さん」

「たぶん、辞めたはずですがね。昨日ここを出て、何処《どこ》に行ったかわかりません
か？」

「わかりません。何しろ急に帰るといわれたんで」

と、管理人は困惑した顔でいった。

「高沢は、ここにいる間、何をしていたんだ？」

亀井が厳しい顔できいた。

「何をって、保養に来ているとおっしゃっていましたから、ぶらぶら散歩したり、釣
りをしたりしていらっしゃいましたが」

「ワープロは持っていたかね？」

「さあ、それは知りません。スーツケースを持っていらっしゃいましたが、あの中に
ワープロが入っていたかどうか――」

「ここにいる間、彼はどんなことを話しました？」

と、十津川がきいた。

「あまり話はしませんでしたよ」

「しかし、去年の夏に彼が来たときは、一緒に酒を飲んだんでしょう？」

「ええ。でも今度はちょっと人が違ったみたいでしたね。口もあまり利かないし、酒を飲もうともおっしゃいませんでした。会社で何か面白くないことがあったのかなと、思ったくらいです」

「高沢というのは、どんな男ですか？」

十津川がきくと、管理人は眉を寄せて、

「どんなといわれても、会社では別の部署にいましたし――」

「独身ですか？　彼は」

「と、思いますが」

「去年の夏ですが、彼は一人でここへ来ていたんですか？」

「いや、お友だちと一緒でしたよ」

「恋人とですか？」

「いえ。男のお友だちとです」

「その友だちも、一緒に酒を飲んだんですか？」

「いえ。あのときは高沢さんとだけです」

「酒を一緒に飲んだときは、どんな話をしたんですか？」

　と、十津川はきいた。

「さあ、どんな話をしましたかねえ」

　と、管理人は相変わらず困惑した顔になって、考え込んでいたが、

「会社のこととか、釣りの話とか、酒の話とか、とりとめもなくお喋《しゃべ》りしたんじゃなかったんですかねえ」

「そのとき、彼は本当に、女性と一緒じゃなかったんですか？」

「恋人と一緒じゃありませんでしたよ。同じくらいの年齢の男の方と一緒でしたよ。それは間違いありません」

「その男の人も、城南交易の人でしたか？」

「それはわかりません。この保養所を利用できるのは、原則として社員だけですが、家族や友人も許可されますから」

　と、管理人はいった。

「紀伊田辺で事件があったのは、知っていますね？」

「ええ。大変な騒ぎだったから、よく覚えていますよ」

「そのときの高沢さんの様子はどうでしたか?」

と、十津川はきいてみた。

「熱心にテレビのニュースを見ていらっしゃいましたが、あんな大きな事件だから当然でしょう?」

「事件のことで、あなたと何か話しましたか?」

「食事のときに、ひどい事件だな、みたいなことはおっしゃっていましたね」

と、管理人はいった。

「そのほかには?」

「覚えていませんねえ」

「真犯人はほかにいるといったことはいっていませんでしたか?」

「そうした話はしなかったと思いますよ。とにかく、今回は、なぜか、とても口数が少なくて別人のようでした。それはよく覚えているんです。高沢さんに、何かあったんですか?」

と、管理人は逆にきいた。

十津川たちは、あいまいな返事をして、その保養所を出た。

すでに午後十時になっている。

（あと二時間で予告された日になるのか）
と、十津川は夜空を見上げて思った。
今、犯人は何処にいるのだろうか？

第七章　愛と死と

1

十津川は東京に電話して、西本に「城南交易」の営業第二係長、高沢慎一郎《しんいちろう》のことを至急調べてくれといった。

「この男が犯人ですか？」

と、西本がきいた。

「たぶんね。今十時半だが、なんとか城南交易の人間に連絡をつけて、この男のことを調べてほしい」

「わかりました。なんとか調べてみます」

と、西本はいった。

西本は同僚の日下刑事とパトカーを飛ばして、四谷《よつや》にある城南交易の本社に急行した。深夜だが、誰かいるだろうと思ったのである。

守衛がいた。

西本は彼に警察手帳を見せ、職員録を持ってないかときいた。

「私は持っていませんが、三階の人事課にはあるはずです」

「では、そこへ案内してください」

「しかし、無断で入ることは禁じられていますが――」

「時間がないんですよ。まごまごしていると、また人が殺されてしまうんです」

西本がいうと、守衛は二人の刑事を三階の人事課に案内した。

守衛が明かりをつけてくれた。がらんとした室内の奥に資料の入った棚がある。そこに毎年出される職員録が、きれいに並べてあった。

西本はいちばん新しい職員録を抜き出した。

営業第二係のところに、高沢慎一郎の名前と、住所、電話番号が書かれている。

日下が、それを自分の手帳に写してから、

「おれはこの住所に行ってみる」

と、西本にいった。

「車は？」

「なに、タクシーを拾うよ」

と、日下はいい、部屋を飛び出していった。

残った西本は守衛に断わって、部屋の電話を借り、職員録にある営業課長にかけてみた。

まず、女性の声がして「石田《いしだ》でございますが」といった。

「ご主人はいらっしゃいますか？」

「まだ、帰っておりませんが――」

「まだですか？」

「ええ。営業の仕事をしていますので、いつも遅いんです。あなた様は？」

「警視庁捜査一課の者です。至急、ご主人にお会いしたいのです。いえ、ご主人のことじゃありません。ご主人の部下のことで、おききしたいことがあるのです。なんとか連絡がとれませんか？」

と、西本はいった。

「なんとか連絡をとって、家に帰るように申しますわ」

と、石田課長の妻はいった。

西本はパトカーで、石田の住所である中野《なかの》に行くことにした。

中野に着いたのは、十二時近くである。

幸い、石田が帰宅していた。新宿のクラブでお得意の接待に当たっていたのを、急《きゅう》遽《きょ》切り上げて帰宅したのだという。

西本はそれに礼をいってから、

「営業第二係長の高沢さんのことで、おききしたいことがありましてね」

と、いった。

石田は眉をひそめて、

「彼は先月辞めていますが」

「理由は何だったんでしょうか？」

「二カ月前ごろから、急に欠勤が多くなりましてね。とうとう先月の初めに、一身上の都合ということで辞めたんですよ」

「独身ですか？」

「ええ。もう三十五ですし、係長にもなったんだから、身を固めたらどうかと、いったんですがね。見合いもすすめて、二回ほどやりましたが、うまくいきませんでした」

「なぜですかね？　誰か好きな人がいたんでしょうか？」

と、西本はきいた。

「かもしれません。申し分のない、いい娘さんを紹介したんですが、高沢君のほうから断わってきましたからね」

石田は、肩をすくめるようにしていった。

「高沢さんの写真はありませんか？」

「あったと思いますよ」

と、石田はいい、奥から二冊のアルバムを持って来た。それを一冊ずつ取り上げて、ページを繰っていたが、

「これが去年の暮れに、伊東《いとう》で忘年会をやったときのものです。営業課全体で行きました。去年は営業成績がよかったんで、三日間、一軒の温泉旅館を借り切って、どんちゃん騒ぎをしましたよ」

と、笑った。

そのときの写真が三十枚近くあったが、その中の一枚に、浴衣姿で若い男が写っていた。

「それが、高沢君ですよ」

「なかなかの美男子ですね」

と、西本は似顔絵とダブらせていった。

「そうでしょう。隣りもそうです」

「これは、芸者さんでしょう？」

「いや、高沢君ですよ。余興で男子社員の女装コンクールをやったんです。芸者さんに手伝ってもらいましてね。それで優勝したのが、高沢君だったんです」

「本物の女性に見えますね。色っぽいし――」

「そうでしょう。本物の芸者より、色っぽいという声もあったくらいです」

と、石田は笑顔になった。

西本は、この二枚の写真を借りることにしてから、

「二カ月前ごろから欠勤するようになったといわれましたが、それまでは真面目《まじめ》な勤務態度だったんですか？」

と、きいた。

「そうですよ。仕事熱心な男でしたね。口数が少ないので、営業には向いていないんじゃないかと思いましたが、よくやっていましたよ」

「それが急におかしくなった？」

「ええ。欠勤はするし、仕事はちゃらんぽらんになりました」

「理由はわかりますか？」

「いや、今もわかりません」

「恋人が亡くなったとか、姉さんか妹さんが、死んだということはなかったですか？」

「高沢君には、きょうだいはいません。恋人のことは、私にはわかりませんね」

「営業課の中に、女子社員は何人くらいいるんですか？」

「十二人だったと思いますね」

「その中に二十一歳で、名前がY・Hという女性はいませんかね？」

と、西本がきくと、石田は、

「二十代の女子社員というと、三人だけですね。小見山《こみやま》ひろ子、大熊《おおくま》みどり、それに原田加代子《はらだかよこ》ですね。三人ともイニシアルは、Y・Hになりませんね」

と、いった。

「営業だと、得意先廻りという仕事がありますね？」

「ええ。それが主な仕事です」

「その相手の会社の若い女子社員と、親しくなって何か問題を起こした、ということはありませんか？」

と、西本がきいた。石田は、きっとして、

「そういうことは、私の方針として、絶対にあってはいけないことと考えていますから、厳しく指導していますよ。ありえませんね」

と、いった。

「しかし、二カ月前に突然おかしくなったんでしょう？」

「そうです」

「何が原因かわかりませんか？」

「わかりません」

それが石田課長の返事だった。

2

石田邸を辞してから、西本はパトカーを、高沢の自宅マンションのある三鷹《みたか》に向けた。

マンションに着いて、五階に上がっていくと、五〇七号室で日下刑事が迎えてくれた。

「まだ、荷物が置いてあるよ」

と、日下がいった。

「じゃ、不法侵入になるんじゃないのか？」

「それに拘《こだわ》ってる時間はないよ」

と、日下はいった。

たしかにそのとおりだった。間もなく第四の殺人が行なわれようとしているのだ。

「何か見つかったか？」

と、西本は部屋に入りながら、日下にきいた。

「二つ見つけたよ」

と、日下はいい、２ＤＫの居間のほうの壁を指さした。

そこに大きな紙が貼られ、女の顔が描かれていた。

いや、顔というより、顔の輪郭といったほうがいいだろう。

細面の女の顔の、右眼だけが描き込まれている。その眼尻に、黒い点が打ってある。

絵の横には、次の言葉が書かれていた。

ＯＬ、二十一歳、Ｙ・Ｈ、身長一六〇センチくらい。細面《ほそおもて》の美人。

「これは、今度の事件で狙われた女じゃないか」

と、西本がいった。

「そうだよ」

「これで、高沢が犯人の可能性が強くなったな」

と、西本はいってから、

「もう一つの発見って、何なんだ？」

と、日下にきいた。

「正確にいうと、見つけたというんじゃなくて、逆に何もないことが、不思議だったんだよ」

「思わせぶりだな。何なんだ？」

「高沢は三十代だろう？」

「三十五歳だ」

「独身でなかなかの美男子だ。それなのにこの部屋には一枚の女の写真も、一通の手紙もないんだ」

日下は、机の引出しを開け、手紙の束と写真が入った箱を取り出した。

それを机の上にぶちまけた。

「よく見てくれよ。女の写真は一枚もないし、女名前の手紙も一通もない」

「壁の絵は女だけどね」

と、西本はいった。

「しかし、若い男としては不思議だよ」

「たしかに不思議だよ。なぜかな？」

「この女のせいだろうか？」

日下は、壁の絵を指で叩いた。

「そうだとしたら、どうなるんだ？」

「高沢には恋人がいた。その彼女が殺されてしまった。殺したのはこのＹ・Ｈの女だ」

「それで？」

「高沢は、恋人を殺した女のことをくわしくは、知らなかった。たぶん会ったことがなくて、恋人から名前の頭文字は、Ｙ・Ｈで、ＯＬで、二十一歳、右眼尻にホクロがあることは聞いていたんじゃないかな。だから必死になって、この条件に合う女を探して、殺していったんじゃないかな」

と、日下はいった。

「殺された恋人の写真が一枚もないのは、どういうことなんだ？　手紙もさ」

と、西本がきく。

「たぶん、高沢が持って歩いているんだろう。写真一枚と彼女の手紙を一通だけね。あとは焼却してしまったんだと思うよ。誰にも見せたくなくてね」

と、日下はいった。

「その推理の裏付けがほしいな」

「このマンションの聞き込みをやってみるよ。まだ起きている人が、いるかもしれないからね」

と、日下はいい、部屋を飛び出して行った。

西本はその間に、部屋の電話を使って、白浜の十津川に連絡を取った。

今、高沢の部屋にいること、壁に問題の女の顔の輪郭が描かれていることなどを話した。

「じゃあ、彼が犯人であることは間違いないな」

と、十津川はいった。

「間違いありません。それで今、日下刑事がこのマンションの聞き込みをやっています。高沢の写真はすぐ電送します。女装のほうも必要ですか？」

「本物の女に見えるのか？」

「ええ。いい女に見えますよ」

「じゃあ、送ってくれ。高沢が女に化けて行動することも考えられるからな」

と、十津川はいった。

二十分ほどして、日下が戻ってきた。

「右隣りの住人がクラブのホステスでね。ちょうど今、帰ってきたところで、高沢のことを少しきくことができたよ」

と、日下がいった。

「それで高沢の女について、何かきけたのか？」

「ああ、見たことがあるといっていた。半年ほど前の夜、この部屋から女が出てくるのを見たといってるんだ。日曜日で、店が休みなので銀座へ買い物に行って、九時ごろに帰ってきたら、高沢の部屋から和服姿の女が出ていったというんだ」

「どんな女だといってるんだ？」

「暗くてよくわからなかったが、なかなか美人に見えたといっているよ。それで彼女、ほっとしたみたいなことをいっていた」

「ほっとしたって？」

「いい年齢《とし》をして、恋人がいないのかなって他人事《ひとごと》ながら心配していたんだそうだよ。だから半年前の日曜日に、女が出てくるのを見てほっとしたんだな。その後、ときどき日曜日の夜に同じ女性を見かけたといっている」

「いつも和服を着ているのか？」

「そうらしい。少なくとも、隣りのホステスが見たときは、いつも和服を着ていたといっているよ」

「ほかに何か、その女のことでわからないのかね？」

「水商売の女のようだったといっている」

「水商売ね」

「その女が殺されたのだろうか？」

と、日下が首をかしげた。

「Y・Hで、二十一歳のOLにか？」

「そうだ。そう考えれば高沢の動機がわかるよ」

と、日下はいった。

「二カ月前に、高沢が突然おかしくなったということは、その恋人が死んだということだろうね。それも殺されたんだ」

「だとすると、事件だな。殺人事件なら覚えていると思うんだが」

「表面上は、自殺か事故死ということになっているんじゃないかね」

「新聞を調べてみよう」

と、日下はいった。

二人はパトカーで警視庁に戻り、資料室で古い新聞を持ち出した。

二カ月前と、三カ月前の新聞の縮刷版である。

探すのは、和服の似合う女性の死亡記事だった。

二人で、眼を皿のようにして見ていった。

だがなかなか見つからない。

ときどき「これか?」という記事を見つけて読んでみるのだが、間違いのない病死だったり、人妻の後追い心中だったりするのだ。

時間だけが容赦なく、経過してしまった。

3

午前一時四十分。

白浜警察署で十津川は、東京から高沢の写真二枚が電送されたのを受け取った。

「似顔絵とよく似ていますが、やはり写真のほうが信頼性がありますね」

と、亀井がいった。

「女装のほうも、なかなかいい女じゃないか」

と、十津川は感心したようにいった。

二枚の写真は、何枚もコピーされ、刑事たちに配られた。紀勢本線の沿線にある警察署や派出所にもである。

十津川は、時間を気にしながら、インスタントコーヒーをいれ、亀井と高沢という男について話し合った。

「高沢慎一郎が、今度の事件の犯人に、まず間違いないと思っている」

と、十津川がいった。

「私も、その点は同感です」

と、亀井もいう。

「高沢の恋人が、Y・Hのイニシアルで、二十一歳のOLに殺されたので、その復讐《ふくしゆう》をしているのだという西本刑事たちの考えはどう思うね？」

「それも、警察が殺人事件として捜査しないので、高沢が自分で仇《かたき》を討っているんでしょうね」

と、亀井はいった。

「しかしねえ。カメさん。犯人はなぜ、やみくもに殺しているんだろう？」

と、十津川はいった。

「やみくもではありませんよ。二十一歳のＯＬで、Ｙ・Ｈの名前で、右の眼尻にホクロがある一六〇センチくらいの美人だけです」

と、亀井がいった。

十津川は首を小さく横に振って、

「そうじゃないんだ。Ｙ・Ｈで、二十一歳のＯＬが、全部高沢の恋人の死に関係しているわけじゃないだろう？　それなのに、すでに三人も殺してしまっている。それをやみくもにといったんだよ」

「そういえばそうですが、高沢には確かめる手段がないからじゃありませんか？　相手が私は無関係だといっても、高沢にはそれが助かりたいための嘘と、感じられたかもしれませんから」

と、亀井はいった。

「高沢は、真面目な性格らしい」

「ええ」

「そんな男が、三人も人を殺せるものだろうか？　間違った相手を、殺してしまったのかもしれないのにだよ」

と、十津川はいった。

「人間はわかりませんよ。おとなしい人間が、突然、何人もの人間を殺したりします」

「たしかにそうだがねえ」

十津川は、コーヒーを口に運んだ。昨日から眠っていないので、どうしてもコーヒーを飲む回数が多くなってしまう。

「しかし警部も、この高沢慎一郎が犯人だと思われるんでしょう？」

と、亀井がいう。

「ああ。間違いないね」

「それなら逮捕してから、きこうじゃありませんか？　なぜ何人も殺したのかと」

「わかった」

と、十津川はきっぱりといった。

たしかに亀井のいうとおりだった。高沢が犯人なのなら、迷うことなく、まず逮捕することなのだ。

「十津川さん」

と、中村警部が声をかけてきた。

「何です？」

「十津川さんは、まだ白浜で、第四の殺人が行なわれるとお考えですか？」

「正直にいうと、わからないんですよ。ただ犯人が、この白浜に妙に拘《こだわ》っているような気がしましてね。どうしても、無視できないんです」

と、十津川はいった。

「しかし、その高沢も、城南交易の保養所から姿を消してしまっていますよ」

「そうですね」

「彼はすでに、Ｋへ移ってしまっているんじゃありませんか？　もしそうだとすると、白浜に残っていることは無意味ですよ」

「そのとおりです」

と、十津川は逆らわずに肯《うなず》いた。

中村は拍子抜けの顔で、

「では、われわれはＫと思われる場所へ移動します」

と、いった。

「そうしてください」

と、十津川はいった。

県警の刑事たちが、白浜署を出ていくのを、十津川と亀井は見送った。

がらんとしてしまった白浜警察署に、二人は取り残された恰好になった。

協力してもらえるはずの刑事たちは全員、この白浜の町を出てしまったのだ。

もしここで、第四の殺人が起きたら、十津川と亀井の二人で対応しなければならないのである。

十津川は腕時計に眼をやった。午前四時を廻ったところだった。夜明けまでには、まだ時間がある。

今までの犯人の行動を考えると、その日の夜になってから獲物を殺している。今日も犯人が、そのルールを守るとすれば、まだ十分に時間があることになる。

だが犯人が、今までどおりに行動するかどうかはわからないのだ。ひょっとすると、すでに第四の殺人は終了してしまっているかもしれない。

「犯人は高沢慎一郎だと発表してしまったらどうでしょうか？」

と、亀井が十津川にいった。

「そうすれば高沢の行動にブレーキがかかるし、彼の写真がテレビや新聞に出れば、通報があると思います」

と、亀井はいう。

「そりゃあ駄目だよ、カメさん。われわれは高沢が犯人と断定しているが、確証はないんだ。断定するような発表はできないよ」

と、十津川はいった。

「そうですね」

と、亀井があっさり肯いたのは、彼にも無理な話と最初からわかっていたからだろう。

それでも亀井が、つい口にしたのは高沢の行方《ゆくえ》がつかめず、さらにKが何処《どこ》を意味しているのか、見当がつかないといういらだたしさのせいに違いなかった。

十津川は、Kがこの白浜だと思っているが、何の根拠もないのである。まったく別の地点で第四の殺人が起きてしまったら、明らかに十津川の敗北だった。

「なぜだい?」

「海を見に行ってみないか?」

と、突然十津川がいった。

亀井がびっくりした顔で、

「今からですか？」

「ああ、ここにいても落ち着けないからね」

「しかし、もし何処かで第四の殺人が起きたとき連絡が入りませんが」

「わかってるよ。だがここにいても、高沢の動向がつかめないことは同じだからね」

と、十津川はいった。

「わかりました。行きましょう」

と、亀井も肯いた。

二人は、白浜署を出ると、海に向かって歩いていった。

間もなく夜が明け始めるだろうが、まだ白浜の町には夜が残っている。

街灯が、静まり返った通りを照らしていた。

町はまだ眠っているのだ。二人は黙って歩く。

海岸に出た。海もまだ暗い。

十津川は立ち止まって煙草《たばこ》に火をつけた。

「引っかかっていることがあるんだ」

と、十津川はぼそっといった。

「犯人の高沢のことでですか？」

と、亀井がきく。

「そうなんだ」

「どんなことですか？」

「高沢が三人もの女を殺したことだよ」

と、十津川はいった。風があって、十津川の手にした煙草の火を吹き散らす。彼はあわてて、煙草の火をもみ消した。

「高沢の恋人がY・H、二十一歳のOLに殺されたからその仇を討っているんでしょう。ただ相手の名前がわからないので、該当すると思われる女を、次々に殺しているんじゃありませんか？」

と、亀井がいう。

「そうとしか考えられないんだが――」

と、十津川は呟《つぶや》いてから、

「カメさんが高沢の立場だったら、同じように次々に殺していくかね？」

と、きいた。

「私だったらですか？」

「そうだよ。カメさんもやみくもに殺していくかね？」

「私と犯人とでは、精神構造が違うと思いますが」

「しかし、高沢はもともとカメさんと同じように、生真面目《きまじめ》な男のようだよ」

と、十津川は笑ってから、

「カメさんは、やみくもに三人も殺さないだろう？」

「当たり前ですよ。恋人を死なせたのはひとりの女性でしょう？　それならその女だけを殺しますよ」

と、いった。

「そうだろうね」

「Y・H、二十一歳のOL、右眼尻にホクロとしかわからなくても、何とかして、恋人を殺した女かどうか確かめますね。もし、判断がつかないときは、相手を殺しません。いくら恨みの感情が強くてもです」

と、亀井はいった。

「そうなんだよ。私だってそうすると思う。だが犯人はそうしなかった。そこが引っかかるんだ」

と、十津川はいった。

4

暗闇の海に向かって、灯をつけた漁船が一隻、二隻と出ていくのが見えた。

十津川は、それに眼をやりながら、

「犯人は、最初に東京で長谷川弓子を殺している。これはわかるんだ。たぶん、彼女を恋人の仇と思い込んだからだろうからね。だが、犯人は人違いだと気づいた。そして、二人目に新宮で原口ユキを殺している。これも人違いだったんだと思うよ。そうでなければ、三人目を殺すはずがないからね。普通なら、二人まで間違って殺してしまったら、三人目にはためらいが出るんじゃないかね。それなのに犯人は、容赦なく三人目を殺し、今度は予告つきで四人目を殺そうとしている」

「ええ」

「なぜ、こんなに冷酷になれるんだろうか？　彼の恋人を死に追いやった人間が、何人もいて、それを一人ずつ殺しているのなら、いくら残酷だと思っても納得できるよ。だが、そうとは思えないんだ。Y・H、二十一歳のOL、右眼尻のホクロといっても、その中の一人が仇なのに、なぜ平気で三人も殺し、四人目を殺そうとするのか？　私には犯人の心理がわからないんだよ」

と、十津川はいった。

「しかし、私には犯人が異常者には思えません」

と、亀井がいう。

十津川は肯いた。

「それは同感さ。異常者なら、いちいちY・H、二十一歳のOL、右眼尻のホクロと限定した女性だけを殺さないだろう。若い女ならかまわずに殺すよ」

と、十津川はいった。

また二人は黙ってしまった。十津川と亀井はそれぞれの頭の中で、今の疑問に対する答えを見つけようとしているのだった。

ようやく、水平線のあたりが白《しら》んできた。

「夜が明けますね」

と、亀井が呟いた。

十津川は、何本目かの煙草に火をつけた。

「今の疑問ですが」

と、亀井が、あまり自信がなさそうにいった。

「ああ」

「犯人は、二十一歳のOLで、Y・Hで、右眼尻の下のホクロがある女なら、誰でもよかったんじゃないでしょうか?」

と、亀井がいう。

「なぜ、誰でもいいんだね?」

と、十津川がきく。

「高沢の恋人、和服が似合う女だそうですが、彼女を死なせた女がいる。高沢には結局その女の名前が、わからないんじゃありませんか。だが、仇を討ちたい。それで三つの条件に合う女を、やみくもに殺しているんじゃないでしょうか?」

と、亀井はいった。

「なるほどね。しかし、それならなぜ南紀に来たんだろう? 都内にこの条件に一致する女は、長谷川弓子一人しかいないわけじゃない。ほかにもいる。現に、あのデータ・バンクには、ほかにも何人かの女性の名前がのっていたんだ。二十一歳のOLで、Y・Hの女性がね。そして、高沢と思われる男は、Hの項に出ている女の名前を、全部買っていっているからね」

と、十津川はいった。

「たしかにそうですね」

「三つの条件の揃《そろ》った女が、東京には長谷川弓子一人しかいなかったとは思えない。二十一歳のOLで、名前がY・Hまではデータ・バンクの資料でわかるが、右眼尻のホクロはわからないから、高沢は実際にその女を見て調べたんだろう。高沢がデータ・バンクで買っていった名前は、三十九名だ。その中の一人である長谷川弓子が殺された。残りは三十八名。同じ会社のOLでもないし、同じ場所に住んでるわけじゃない。その一人一人に会って、はたして右眼尻にホクロがあるかどうか、確かめるのにどのくらい時間がかかるだろう？　高沢はそのころ、まだ会社を辞めていないんだからね。それなのに高沢は、一週間後に新宮で原口ユキを殺しているんだ。東京の三十八名は放り出してだよ」

十津川は熱っぽく喋《しやべ》る。なんとかして、この事件の真相を明らかにしたいのだ。

「何か理由があって、高沢は東京に見切りをつけて南紀にやってきたわけですね」

と、亀井がいった。

「それが何なのかも知りたいんだ」

と、十津川はいった。

夜がどんどん明けてくる。朝の光が、十津川と亀井の顔をはっきり見せ始めた。

「大丈夫ですか？」

と、ふと亀井が心配そうにいった。

「何がだい？」

「警部の眼が朱《あか》いですよ」

「カメさんだって、朱い眼をしてるよ」

と、十津川は笑った。

犬を連れて、朝の散歩にやってきた中年の女が、不思議そうに二人を見て通り過ぎていった。早朝の海岸で、大の男二人が眼を朱く充血させて、なにやら熱心に話し合っているのが、不思議に見えたのだろう。

「男かな？」

と、ふいに十津川が呟いた。

「いえ。あれは女ですよ」

「何が？」

「今、向こうへ行った犬を連れた人でしょう？　あれは女ですよ」

と、亀井がいう。

十津川が苦笑して、

「私がいったのは、高沢のことさ。彼に恋人がいたとすると、それは男じゃなかったのかな」

「しかし、西本刑事たちの調べでは、和服の女がいるということですが」

　と、亀井がいう。

「隣室のホステスが目撃した、というやつだろう。だが彼女の証言では、いつもその女が、一人で高沢の部屋から出てくるところを見ているだけなんだよ。高沢が仇を討ちたいと思うほど愛していたんなら、ひとりで帰さずに、途中まで送るんじゃないかね？」

「そういえばそうですね。私でも家内とつき合っていたときは、送っていきましたよ。駅まで」

　と、亀井がいった。

「そうだろう？　ひとりで帰し、部屋の外までも送らないというのは、不自然だよ」

　と、十津川はいった。

「ということは――？」

「高沢が女装して出かけるところじゃなかったのかね。高沢の女装の美しさは、写真で折り紙つきだ。夜、女になって出かけたとすれば、恋人に会いに行ったと見るのが

か」

「女装して女に会いに行くというのは、ちょっと考えられませんから、相手は男です

妥当じゃないかね」

「それに、西本刑事たちが、高沢の部屋を調べたら女の写真や手紙が、一枚もなかったといっている。二人は、高沢が焼いてしまったのだろうと推測したが、素直に見れば、高沢の恋人が女じゃなくて、男だったということになるんじゃないかね」

と、十津川はいった。

「ホモですか」

「そう考えると、高沢がやみくもに三人の女を殺してしまったことも、納得できる気がするんだよ」

「納得できるといいますと？」

亀井が眼を光らせて、十津川を見た。

「これはあくまでも想像だが、高沢がホモだったとしよう。彼には大事な恋人がいた。男の恋人だ」

と、十津川は頭の中の考えを、整理するようにゆっくりといった。

「そういえば、ここの城南交易の保養所に、去年の夏、高沢は男と二人で来たといっ

ていましたね」

と、亀井が思い出していう。

「カメさん。忘れていたがそうなんだ。去年の夏に男と二人で来たと、管理人はいっていたんだ。若い男なんだから、普通なら女と一緒に来るだろう。あるいはグループでね。男二人で来ていたというのは、考えてみれば奇妙なんだよ」

「先を続けてください」

「高沢は、彼をとても愛していた。彼が夜、女装して出かけていたのは、少しでも彼に好かれようと思ったからじゃないかね。ところが彼は女を愛していた」

「二十一歳のOLで、名前はY・H、右眼尻にホクロがある女ですね」

「そのとおりだよ。だが結果的に彼はその女に裏切られて、死んだんだろう。殺されたのなら警察が動いているはずだから、おそらく自殺したんだと思うね」

「その仇を、高沢は討つ気になったということですね」

「そうだ。このケースなら、高沢が三人も女を殺したのも、それほど不思議じゃないと思うね。高沢にとって、大事な恋人を奪ったうえ、死に追いやったのは女だ。もちろん、男を直接死に追いやった女は、憎んでも余りあるが、女全体も憎いに違いないんだ。相手の女とよく似ている女はね。だから二十一歳のOLで、Y・Hで、右眼尻にホクロがある女を、何人殺しても、胸は痛まなかったんじゃないかな」

「なるほど」

「ただ、なぜ急に東京から南紀に移動したのか、それがわからん」

と、十津川は口惜しそうにいったが、近くに公衆電話ボックスを見つけると、それで東京の西本に連絡をとった。

「もう一度、高沢のマンションへ行ってくれないか。彼の恋人が、男の可能性があるんだよ」

「ホモですか？」

「男の写真と、男の手紙しかなかったんだろう？」

「そうです」

「素直に受け取れば、彼の恋人は男だったということになるんだよ。そんな恋人がいなかったかどうか、至急調べてほしい」

「その恋人は死んだわけですね？」

「そうだ、おそらく二カ月前だと思う。自殺したんだと思うね」

と、十津川はいった。

「すぐ調べます」

「時間と競争なんだ。早く頼むよ」

と、十津川は念を押した。

5

西本と日下の二人の刑事は、改めて高沢のマンションに行き、前にはよく見なかった、手紙の束と写真を、今度は真剣に調べていった。しかし、写真に写っているどの男が、高沢の恋人かわからなかった。それらしいポーズで写っているものが、なかったからである。

手紙も同じだった。愛を語っているような文面の手紙は見つからないのだ。あったが、それは高沢が始末してしまったのかもしれない。

「これじゃあ、どうしようもないよ」

と、日下が西本にいった。

「しかし、この中から、高沢の恋人を見つけなければいけないんだ」

と、西本がいう。

「どうやって見つけるんだ？」

「とにかく、この手紙を持って帰ろう」

「持って帰ってどうするんだ？　手紙の住所に、全部当たってみるのか？」

「そんな時間はないよ」

と、西本はいった。

「じゃあ、どうするんだ？」

「もう一度、二カ月から三カ月前の新聞を読んでみる。その中にひょっとすると、変死の記事が出ているかもしれない」

「それが出ていなかったら？」

「そのときは、手紙の男全部に会ってみるさ」

と、西本はいった。

二人は、パトカーを飛ばして警視庁に戻ると、まず黒板に、手紙の束の中にあった男の名前を書き留めていった。

全部で三十二名である。

次に、二カ月三カ月前の新聞の縮刷版に、眼を通していった。黒板に書かれた名前が、出ているかどうか調べるのである。

一回目は見つからず、眼をこらしながら、もう一度ページを繰っていった。

「見つけたぞ！」

と、声をあげたのは日下だった。

社会面の小さな記事だった。

○セールスマンが変死？
渋谷《しぶや》区西原《にしはら》三丁目のマンション・シャレル朝日《あさひ》五〇二号室に住む、S自動車営業一課の平岡淳《ひらおかじゅん》さん（三十歳）が、ベッドの上で死亡しているのを、訪ねてきた同僚が発見して、警察に届けた。警察の調べによると、平岡さんは左手首を切って死んでおり、自殺の可能性が強いが、遺書がないのでほかの可能性も考えられるといっている。


その名前、平岡淳と同じ名前が黒板にあった。高沢の部屋から、持って来た手紙の中にあったのだ。

手紙のほうの住所も、渋谷区西原のマンションである。

西本と日下は、その手紙の内容に眼をやった。消印は四カ月前になっている。

〈旅に誘ってくれてありがとう。君と二人で香港へ旅行するのは楽しいと思うが、どうしても行けないんだ。理由はきかないでほしい。君に対する気持ちが変わったわけじゃない。それはわかってほしいんだよ。しばらく、会えないかもしれないが、何も聞かないでくれないか。

淳〉

それだけの文面である。

ただの旅行の断わりの手紙にも見えるが、二人がホモの関係だったと考えると、意味が違ってくるかもしれない。

西本と日下はパトカーを飛ばして、今度は渋谷警察署に行き、この自殺事件を扱った刑事に会うことにした。

担当したのは、小倉《おぐら》という中年の刑事だった。

「あれは遺書はなかったが、いろいろと調べてみて自殺ということになったんだ。同僚に、死にたいと洩《も》らしていたということもあってね」

と、小倉はいう。

「左手首を切って、死んでいたそうだね？」

と、西本が確かめるようにきいた。

「ああ、部屋は血の海だったよ」

「自殺の原因は？」

「三角関係のもつれだな。同僚の話だと、和服の似合う女と、いわゆるボディコンの女がいて、悩んでいたというからね。考えてみれば、贅沢《ぜいたく》な悩みさ」

「その同僚に会えないかな？」

「住所と電話番号は、わかっているはずだ」

と、小倉はいい、机の引出しを調べて、一枚の名刺を出してくれた。

S自動車営業一課の高松明《たかまつあきら》と書かれた名刺である。それにボールペンで、自宅の住所と電話番号が書き加えてあった。

幸い、住所は同じ渋谷区内である。

西本と日下は、パトカーをその住所に飛ばした。

時刻は、午前七時を回っている。

高松は出勤前で、自宅マンションで、牛乳とトーストの朝食をとっているところだった。

「平岡君のことはショックでしたよ。ものすごい死に方でしたからね」

と、高松は眉をひそめていった。

「血の海だったそうですね？」

「ええ。人間って、あんなに血が出るものかと思いました」

「三角関係のもつれだそうですね？」

「それは、僕が勝手にそう思って、警察の人にいったんです」

「二人の女とつき合っていたから？」

「ええ。平岡君は、あまり自分のことを話さない男でしたが、たまたま僕は、彼がその二人と歩いているのを見たんです。最初は半年以上前でしたね。夜、新宿で彼が和服の女と歩いているのを見たんです。すらりと背の高い美人でしたよ。平岡君は一八〇センチはあるんですが、女のほうも背が高かったですよ。ああ、彼は和服の似合う女が好きなのか、と思ったんです」

「そのとき、声をかけましたか？」

「いや、かけません。それから二、三カ月してからだと思うんですが、今度はミニスカートの若い女と一緒にいるのを見ましてね。女の趣味が変わったのかと思いましたね」

「どんな女でした？」

「年齢は二十一、二歳ですね。美人でしたよ。ロングヘアで、身長は一六〇センチくらいだったかな」

「その女のことは、平岡さんに話したんですか？」

「次の日に、女の趣味が変わったみたいだねって、からかってやりましたよ」

「反応は？」

「普通照れると思うのに、彼は妙に深刻な顔で、そんなんじゃないよって、いっていましたね。今でもどんな意味だったのか、わからないんですが」

「あなたに死にたいと洩らしたのは、いつごろですか？」

と、日下がきいた。

「自殺する二日ぐらい前でしたかね。何もかもうまくいかないって、いっていましたね。おれの人生って、何だったろうかみたいなこともいうんで、心配はしていたんです」

「平岡さんが死んでいるのを発見したときですが、部屋の中で何か気がついたことはありませんか？」

「気がついたことですか――」

と、高松は考え込んだが、

「壁の写真が、切り裂かれていましたね」

「どんな写真ですか？」

「大きな風景写真ですよ。あれはハワイの写真ですね。それがナイフで×印の恰好に切り裂かれていたんです。きっとあのボディコンの女を、ハワイにでも連れていこうとして、断わられたんじゃありませんか」

「その写真には、何か書き込んでなかったですか？」

「そういえばローマ字みたいなものが――」

「Y・H？」

「かもしれませんが、とにかくびっくりして部屋を飛び出して、管理人に知らせに行ったんです。そしたら管理人もまだ来ていなくて、仕方なしに公衆電話を探して、一一〇番したんですよ」

「公衆電話は、マンションから離れた場所にあったんですか？」

「ええ」

と、高松が肯く。

その間に誰かが平岡の部屋に入り、切り裂かれたハワイの写真を、持ち去ったのではあるまいかと、西本は考えた。

そうでなければ、小倉刑事が、その写真について話してくれたはずだからである。

「平岡さんの写真がこの中にありますか？」

と、日下はいい、高沢のマンションから持ってきた写真の束を、高松の前に並べていった。

高松がその中から選んだのは、車の前でポーズをとっている男の写真だった。

なるほど、長身の男である。

「平岡さんは、最初からS自動車で働いていたんですか？」

と、西本は写真を見ながらきいた。

「いや、前に別の会社で働いていたはずですよ。なんでも地方の信用金庫ときいていますが、くわしいことは知らないんです」

と、高松はいった。

それはS自動車の人事部へきけばわかるだろう。だが、この時間では、まだ会社は開いてはいまい。

西本と日下の二人は、高松に礼をいい、平岡の住んでいたマンションの部屋に向かった。

そのマンションの部屋は、彼の死後改修されて、すでに別の人間に貸されていた。

「大変でしたよ。あのときは」

と、管理人は大げさな身振りで、西本たちに平岡が死んだときのことを説明した。

「彼のところに、女性が会いに来ていなかったかね?」

と、西本がきいた。

「ああ、和服の女性がよく来てたよ。背の高いきれいな人で、いつも夜だったなあ。そのあと、洋服姿の若い女に代わったんですよ。あの女二人とごたついて、それが自殺の原因になったんじゃありませんか」

管理人は肩をすぼめるようにした。

「もめているのを見たり、聞いたりしたことがあるの?」

「ミニスカートの女とは、いい争っているのを聞いたことがありましたよ」

「どんなことを二人はいってたのかね?」

「平岡さんの声は聞こえなかったけど、女の人はひどく怒ってたみたいでしたねえ。平岡さんのことを、口汚なくののしっていたから」

「それはいつのことかね?」

「死ぬ少し前ですかね。女の人は、何か口汚なくののしっていましたよ。平岡さんが可哀そうになるくらいにね」

「女性は何といってたのかね?」

「はっきり聞こえなかったんだけど、平岡さんのことをバカだとか、女の腐ったみたいだとか、いってたみたいですよ。あれで平岡さんは、がっくりして自殺したんじゃありませんかね」

と、管理人はいった。

「その若い女のことで、何か知ってることはないかね？」

と、日下がきいた。

「そうねえ。名前を聞いたわけじゃないし、何をしてる人かも知らないんですよ」

と、管理人はいった。

はっきりしたのは、平岡が高沢から若い女にのりかえ、それがうまくいかずに自殺した、ということである。

西本と日下は、ともかくそれを、白浜にいる十津川に知らせることにした。

第八章　紀《き》南《なん》の海

1

「男同士の愛情か」

と、十津川は呟《つぶや》いた。

「そして、男の復讐《ふくしゅう》ですか」

と、亀井がいう。

「高沢にとって、恋人の平岡を自分から奪い、そのうえ、自殺させた女というものは、全部憎かったんだと思うね。だから、間違って、別人を殺してしまっても、悪いという気持ちはなかったんじゃないかね」

「なるほど。それで条件に合う女を、次々と殺していっても、平気だったということですか」

「女は、すべて憎かったんだろう」

「しかし、三人も殺すというのは、常人では考えられませんよ。いくら、恋人を奪った女に、いくつかの点で合致するとしてもです。なぜ、もっと調べてから殺さなかったんですかね？　調べる方法は、いくらでもあったと思うんですが」

と、亀井はいった。

十津川は、しばらく黙って考えていたが、

「ひょっとすると、高沢はわざと、次々に殺していったのかもしれないよ」

と、いった。

亀井は驚いて、

「まさか。それなら高沢は、異常者になってしまいますよ」

と、いった。

十津川は、小さく、首を横に振った。

「そうじゃないよ。高沢の立場になって、考えてみればいいんだ。彼は平岡を愛していた。もちろん私には、高沢の本当の気持ちはわからない。男が男を愛するということが、どういうことなのか、私には、正確には、わからないからね。だが、それが激しい感情だったろうということは、わかるよ。高沢は、平岡の命を奪った女を許せなかった。直接、平岡を自殺に追いやったY・Hも、もちろん許せなかったろうし、女そのものもね」

「そこまではわかります」

「高沢には、本当のY・Hが、何処《どこ》にいるかわからないこともあったろうが、今いったように、別人のY・Hを殺すことにも、ためらいを見せなかった。女、それも似た感じの女を殺すことに快感を覚えていた、ということも考えられる。それに加えて、私はもう一つ、こんなことを考えたんだ。本当のY・Hをあぶり出すことだ」

「同じY・Hを次々に殺すことでですか？」

と、亀井がきく。

「そうだ。名前がY・Hで、二十一歳。OL、右眼尻に小さなホクロ。身長一六〇センチぐらいの美人が次々に殺されていけば、いやでも、マスコミが大きく取り上げる。特に、被害者の共通点をね。それに、額《ひたい》にナイフでクロスの傷がついていれば、これは何かの恨みではないかと、誰でも考える。殺される人間が増えていけば、マスコミの扱いも、どんどん大きくなる。本物のY・Hは、ずっとそれを見ていれば、嫌でもこれは自分を憎む人間の犯行だと、思い当たるにちがいないんだ」

と、十津川はいった。

「なるほど」

「本物のY・Hは、間違いなく、怯《おび》えるはずだよ。怯えてどうするか、犯人の高沢は、じっと見守っているんじゃないかね。怯えて警察に駈け込むかもしれない。また、平岡に対してひどいことをしていれば、警察に逃げ込むこともできないから、逃げ廻るかもしれない。それを高沢は、じっと窺《うかが》っているんじゃないかと思うんだよ」

「それならよくわかりますが、犯行が、東京から南紀に移ってきたのは、どういうわけでしょう？」

と、亀井がきいた。

「これも、私の勝手な想像だがね」

と、十津川は断わってから、

「自殺した平岡は、東京で本物のY・Hに会い、恋をしたんじゃないかな。だから高沢は、最初、Y・Hは東京にいると考え、東京のY・Hの一人を殺した。おそらくこのときは、都内にいるY・Hを次々に殺して、本物のY・Hをふるえあがらせようと、考えていたんだと思うね。それが、彼女は、どうやら、東京にはいなくて、南紀にいるのではないかと思い始めたんじゃないだろうか？　東京から南紀に逃げたらしいという確証を、高沢がつかんだということも考えられるね」

「しかし、なぜ、南紀かという疑問が残りますが」

と、亀井はまだ首をかしげている。

「それだがね。自殺した平岡だが、東京生まれではなくて、たしか、S自動車に来る前は、地方の信用金庫で働いていたといわれている。その信用金庫というのは、ひょっとして、南紀にあったんじゃないか。生まれも南紀じゃないのかと思うんだよ」

「本物のY・Hも、南紀の生まれということですか？」

「たとえば、平岡と彼女が、同郷ということから親しくなったことが、高沢にわかったとする。当然、Y・Hは南紀に逃げたのではないかと、高沢は思ったはずだよ」

「なるほど。しかし、南紀といっても広いですから」

「それを今、西本君たちに調べてもらっている。平岡淳が、何処の信用金庫に勤めていて、何処の生まれかということをね」

と、十津川はいった。

その西本刑事から連絡が入った。

「やはり、警部の考えられたとおりです。平岡の生まれは、南紀の白浜です。しかし彼の実家はもうなくて、兄夫婦が住んでいます」

と、西本はいった。

「やっぱり、そうか。それで平岡が勤めていた信用金庫は？」

と、十津川はきいた。

「名前は、紀南自由信用金庫《きなんじゆうしんようきんこ》です」

と、西本は、ゆっくりと区切りながらいった。

「ちょっと待ってくれよ。南紀でなく、紀南なのか？」

「そうです。その点は、確認しました。紀南自由信用金庫です。古い信用金庫で、南紀に、いくつか支店を持っています」

と、西本はいう。

「昔は、南紀といわずに紀南といったのだろうか？」

「それはわかりませんが、この信用金庫のほかにも紀南病院とか、紀南文化会館といったものが実在します。たぶん、南紀といういい方と、紀南といういい方が、同居していたんじゃありませんか」

と、西本はいった。

「それで、紀南自由信用金庫の支店は、どことどこにあるんだ？」

「田辺、新宮、串本です」

「白浜にはないのかね？」

「ありませんが、白浜には、この信用金庫の寮があります。どうやら、平岡はこの会社で働いていたころ、白浜の寮に入っていたと思われます」

と、西本はいった。

2

「南紀でなく、紀南ですか」

亀井が眼を輝かせて、十津川を見た。

十津川は電話を切ると、

「そうなんだ。南紀ではKにならないが、紀南ならKになる」

と、いった。

「平岡が、その紀南自由信用金庫に長く勤めていたとすると、日ごろ、南紀といわずに紀南といっていたことも考えられますね」

と、亀井がいう。

「その平岡を愛していた高沢も、わざと南紀のことを、紀南といっていた可能性がある」

と、十津川はいった。

二人は、改めて白浜の地図に眼をやった。

「いろいろな企業の保養所があった場所だがね。あそこに、紀南自由信用金庫の寮も、あったんじゃないかな」

と、十津川はいった。

「あったと思いますね。この信用金庫の場合は社員寮のようなものだったと思いますが」

と、亀井はいった。

「とすると、東京のS自動車に勤めるようになった平岡は、いつかわからないが、昔がなつかしくて、その寮を訪ねてみたんじゃないかな。本物のY・Hも、ひょっとすると、白浜の生まれかもしれない。二人で白浜に行き、親しさを深めたんじゃないのかな」

「そういうことが、高沢にも少しずつ、わかってきたということですね？」

「そうだよ。最初は、紀南自由信用金庫の支店のある場所が、Y・Hの故郷ではないかと考え、新宮と串本で、そこのY・Hを殺した。だが、次に田辺に行くときになって、白浜が彼女の故郷とわかったんじゃないか。だから、白浜に拘《こだわ》った。しかも、紀南といういい方をすれば、白浜もKになる」

と、十津川はいった。

「そうですね。白浜にある寮の名前も、紀南自由信用金庫白浜寮でしょうからね」

と、亀井もいう。

「とすると、白浜で、いよいよ高沢は本物のY・Hを殺すわけだよ」

と、十津川はいった。

「彼女は、自分が殺されることを知っているでしょうか?」

亀井が、きいた。

「これだけ、マスコミが騒いでいるんだから、当然、知っているだろう」

「怯えて、彼女が、警察に、出頭して来てくれるといいんですがね」

と、亀井はいった。

たしかに、そうなれば、高沢による第四の殺人は防げるだろう。それに、十津川の推理が正しいかどうかがわかる。

しかし、今のところ、彼女が出頭してくる気配はない。

「なぜ、本物のY・Hは、警察に出頭してこないんですかね? 警部のいわれるように、三人のY・Hが殺されたことで、十分に怯えていると思うんですがねえ」

亀井は、また、同じ疑問を口にした。

「何か、秘密を持っているんじゃないかな。警察に出頭して、それが公《おおやけ》になるのが怖いんじゃないかな」

十津川も、同じ答えを口にした。

もちろんそれも、想像である。本物のY・Hを見つけ出せば、すべてがわかるのではないか。

「とにかく、彼女を見つけよう」

と、十津川はいった。

例のデータ・バンクで、南紀に住む二十一歳のOLの名前を、十津川は書き抜いてきていた。

高沢も、同じことをしたに違いないのである。

十津川と高沢は、同じ名前の二十一歳のOLの名簿を持っているのだ。そしてその中から、本物のY・Hを見つけ出し、十津川は彼女を守ろうと思い、高沢は、彼女を殺そうとしている。

十津川が、データ・バンクで書きとってきた、南紀方面のY・Hは、五人である。

そのうち、二人が新宮と串本で、すでに殺されている。つまり、このデータによって、犯人も連続殺人を続けているのだ。

残りの三人のY・Hの中に、本物のY・Hがいるに違いない。少なくとも、高沢はそう思い込んでいるだろう。

林田有子《はやしだゆうこ》
橋野優子《はしのゆうこ》
平野《ひらの》ユミ

この三人である。いずれも、二十一歳のOLだった。

一人一人に会って、右眼の下にホクロがあるかどうか確かめれば、どのY・Hが本物のY・Hかわかるだろう。しかし、その時間がなかった。

間もなく、第四の殺人が実行されてしまうのだ。いや、すでに実行されてしまっているかもしれない。

データには、三人の住所も書かれている。いや、完全な住所ではなく、出身地だけである。

林田有子——紀伊有田
橋野優子——白浜

平野ユミ——印南《いなみ》

「Kを文字どおりに考えれば、紀伊有田、ということになりますね」

と、亀井がいった。

紀伊有田は、串本の傍で、紀勢本線に駅がある。

「県警に話をしたら、間違いなく、この林田有子だというだろうね」

と、十津川は亀井を見た。

「同感です。しかし、警部は、白浜の橋野優子と思われるんでしょう？」

「平岡が、前に勤めていたのが紀南自由信用金庫で、その寮が白浜にあったこと、また、犯人が白浜に拘っていることを考えるとね」

と、十津川はいった。

これは、一つの賭けだった。

「そう悪くない賭けだよ。三分の一、いや、二分の一の賭けだからね」

と、十津川はいった。

「しかし、警部。白浜の何処にいるのか、わからないのでは守りようがありません」

と、亀井がいらだたしげにいった。

「犯人も、そう思い、調べたと思うね」

「調べるとすると、白浜町の町役場ですね」

と、亀井がいった。

「行ってみよう」

と、十津川はいった。

時間との競争だった。犯人の高沢との、競争である。

町役場で、橋野優子の名前をいい、調べてもらった。

「橋野優子さんは、去年の九月に東京に移転していますね」

と、戸籍係はいった。

「やはりね。もし、彼女が戻ってくるとしたら、この白浜町の何処へ行くでしょう？」

と、十津川はきいた。

「白良浜に、親戚のやっているリゾートホテルがあります。たぶん、そこに落ち着くと思いますがね」

と、教えてくれた。

すでに、昼を回っている。

二人は、白良浜に急いだ。

美しい砂浜を中心にして、ホテルが並んでいる。

その中に、町役場で教えられたリゾートホテルもあった。ホテルの中では小さく、むしろペンションに近い感じだった。

「あそこに、泊まることにしますか？」

と、亀井がきいた。

「それが一番だが、高沢も、もう来ていると思うね。もし彼が、われわれの顔を知っているとすると、今、そのホテルに入っていっては、警戒されてしまう恐れがある」

と、十津川はいった。

二人は、近くの喫茶店に入り、そこから県警の中村警部に連絡を取った。

中村はすぐ、部下の刑事二人を連れて、覆面パトカーで駈けつけた。

十津川が橋野優子の名前をいうと、中村は案の定、首をかしげて、

「白浜がKなら、たしかにその女性が危ないと思いますが、違っていたら、みすみす犯人逮捕のチャンスを逃すことになりますよ」

と、いった。

「わかっていますが、こちらにも、彼女だと考える根拠がありましてね」

十津川は、東京で調べた、高沢や平岡のことを話した。

中村も、次第に納得してきて、

「たしかに、紀南という言葉もありますね」

「高沢は、近畿の生まれじゃありませんから、平岡が前に勤めていた、紀南自由信用金庫という名前から、ここを紀南白浜と決めつけているんだと思います」

「つまり、平岡への愛情からですか？」

「そうです。それに、紀南でも、Y・Hには通じるはずだと考えているのかもしれません」

と、十津川はいった。

中村は、問題のホテルに眼をやった。

「それで、橋野優子は、今、あのホテルにいると思われるんですか？」

「怯えていれば、あの中でじっとしているでしょう」

「逃げ出したという可能性もありますね？」

と、中村がきく。

「ありますが、高沢も、見張っていると思うのです。それを考えると、ホテルの外に出ているとは、考えられないのですよ」

と、十津川はいった。

「それなら、これから、あのホテルへ行って橋野優子を保護しようじゃありませんか。そうしてしまえば、犯人は手が出せませんよ」

「そのとおりです。しかし、犯人も逃げてしまいますよ」

と、亀井がいった。

「では、どうすればいいと？」

「わからないように、あのホテルを見張っていて、犯人の高沢を逮捕したいと、思うのです」

「わかりましたが、ただじっと見張っているのも、能がないような気がしますが」

中村は、若いだけに、こんないい方をした。

「あのホテルの間取りと、現在、何人の客がいるか、もちろん、できれば、橋野優子がいるかどうかの、確認もしたいと思っていますがね」

と、十津川はいった。

「それなら、十津川さんたちが、あのホテルに泊まったら、いかがですか？　この季節ですから、すいていますよ」

「それも考えましたが、私やカメさんは、犯人に顔を知られていると思うのですよ」

と、十津川がいった。

亀井が、口を挟んで、

「その件ですが、高沢は、われわれがあのホテルに入るのを見て、犯行を中止するでしょうか？　平岡の仇《かたき》を討とうとして、すでに、三人もの女を殺している人間が」

と、いった。

「たしかにそうだな。むしろわれわれを出し抜いて、彼女を殺そうとするかもしれないな」

十津川は、腰を上げた。

二人は、中村と打ち合わせをしておいて、喫茶店を出ると、ホテルへ向かって歩いていった。

3

「ニュー白浜リゾートホテル」という名前だった。

一階のロビーには、人の姿がなく、フロントにいた男が、十津川たちに向かって、

「申しわけありませんが、今改装中で、お泊まりは、していただけないんです。来月の一日からまた、オープンしますが」

と、いった。

十津川は、仕方なく、警察手帳を見せた。

「実は、このホテルから、白良浜を見張りたいので、ぜひ、海岸の見える部屋を一つ貸していただきたいのですよ」

と、いうと、フロントの男は、

「それなら」

と、いってくれた。

二人は、最上階の四階にあるツインルームに案内された。

窓を開けると、白良浜が見渡せた。

シーズンに備えて、砂浜の清掃が行なわれていた。

「たしかに、泊まり客はいないようですね。廊下もひっそりしています」

と、亀井がいった。

十津川は、中村から借りたトランシーバーで、彼に連絡を取った。

「今、四階の部屋に入りました。改装中ということで、客を断わっているそうで、私たちのほかに泊まり客はいません」

「彼女は、見つかりましたか？」

「いや、まだですが、このホテルの中にいることは間違いありませんね。いなければ、泊まり客を断わったりはしないはずですから。改装中といっていますが、ほとんどその形跡はありません」

と、十津川はいった。

「われわれも、全員に高沢の顔写真を持たせて、ホテルの周辺に張り込みます」

と、中村はいった。

連絡をすませると、十津川は亀井と廊下に出た。

泊まり客がいないので、どの客室も静かである。

このホテルの図面を見ると、二階から四階が客室で、一階がロビーとか、事務室などになっている。

優子は二階にいるのだろうか。それとも、二階から四階までの客室のどこかに、隠れているのだろうか？

「いっそのこと、すべてを話して、橋野優子に会わせてもらったら、どうでしょうか？」

と、亀井がいう。

「そうしてみようか」

と、十津川は肯《うなず》いた。犯人は、今日じゅうに四人目を殺すといっているのだ。

二人は一階の事務室で、このホテルのオーナーの岩田《いわた》に会った。

「新聞に出ましたから、連続殺人犯の予告状のことはご存じですね？」

と、十津川はいった。

五十代に見える岩田は、「ええ」と肯いた。

「知っていますが、それが何か？」

「あなたの親戚の橋野優子さんが、こちらに見えているはずですが、連続殺人犯が次に、というより、今日狙うのは優子さんです」

「まさか――」

「本当は、そうじゃないかと、思っておられるんでしょう？」

と、十津川は相手の顔をじっと見つめた。

「このままでは、優子さんは危険ですよ」

と、亀井も傍からいった。

急に、岩田のかたい表情が崩れて、

「どうしたらいいんでしょうか？　優子には警察に話したほうがいいといったんですが、あの娘《こ》は、警察に行くのは嫌だといい張るので、困っていたんです」

「彼女に、会わせてもらえませんか」

と、十津川はいった。

岩田は立ち上がると、二人を奥の部屋に連れていった。

「ここは娘の部屋ですが、ちょうど、今、アメリカに留学しているので、優子に使わせています」

と、いい、岩田は小さく二度ノックした。

ドアが開いた。若い女が顔を出したが、十津川たちを見て、あわてて閉めようとした。

十津川は、ドアを押えて、

「話を聞いてください」

と、優子に話しかけた。

「その必要は、ありませんわ」

と、優子が甲高い声をあげた。

十津川と亀井は、力ずくでドアを押し開け、部屋に入った。

優子は諦《あきら》めた顔で、

「何のご用ですか？」

と、きいた。

「今日、あなたは殺されます」

と、十津川はずばりといった。

が、優子は別に驚きもせずに、

「そんなこと、知りませんわ」

「優子さん。高沢という男は、もう三人も、殺している。それに、予告した以上、必ずあなたを殺しますよ。あなたの右眼尻にホクロがある。高沢の狙っているY・Hの本命は、あなただ。間違いない」

「――」

「話してくれないかね。あなたが平岡という男を捨てたので、その男は自殺した。平岡には、ホモの恋人がいた。高沢という男です。その男は恋人の仇として、あなたを今日殺そうとしている。違いますか？」

と、十津川はいった。

「平岡さんは、勝手に自殺したんだわ」

と、優子はいった。

「勝手に？」

亀井が、じろりと彼女を睨《にら》む。

十津川は、それを手で制して、

「すべて、正直に話してくれませんか。あなたが平岡に何をしたか、口外はしないし、自殺した男のことで、あなたを告発したりすることもありません。正直に話してくださらないと、あなたを守れないのですよ」

と、いった。

それでも、優子はしばらく黙っていた。

やっと話してくれたのは、五、六分たってからである。

「お金なんです」

と、優子がいった。

「お金って、なんのことですか？」

と、亀井がきいた。

「平岡さんは、私とつき合っている間、ずいぶんいろいろな物を買ってくれました。それで、どんどん、お金を使ってしまって、借金が増えたんです」

「ちょっと待ってください。平岡淳が莫大《ばくだい》な借金を抱えていたという話は、聞いていませんがね」

と、十津川はいった。

「平岡さんは、それを、お兄さんに出してもらったんです。何千万円も。そのため、お兄さんは、土地を売ったらしいんです」

「なるほどね。それで、平岡さんは、よけい自分を責めて、自殺したということですね」

と、十津川はいった。

また、間があった。

「平岡さんは、無理をしたんですわ。でも、いっておきますけど、私はこれを買ってくれ、あれを買ってくれと、いったことはありませんよ」

優子は、ヒステリックにいった。

「つまり、彼が勝手に借金を作った、ということですか？」

十津川は、腹立たしさをおさえてきいた。

「ええ。私の責任じゃないわ」

「平岡淳は、あなたのために、どのくらいの金を使ったんですか？」

「知りません」

「でも、だいたいの金額はわかるでしょうに。買ってもらったものを、思い出せばいいんだから」

と、亀井がいうと、優子は顔をこわばらせて、

「そんなことを、いちいちきかれるのが嫌だから、警察に行かなかったんです。それなのに――」

と、文句をいった。

「そういうところをみると、かなりの額だね」

と、亀井はいった。

十津川も、同じことを思った。平岡は、S自動車に勤めていた。何十万という金額なら、会社に借りて払えただろう。兄から借金をしたということは、少なくとも、百万、千万単位だったのではないのか。

平岡にとって、その借金の額も、自殺の理由の一つになったのかもしれない。

十津川は、優子に向かって、

「わかったから、もう、その話は止《や》めましょう。問題は、犯人の高沢を、逮捕することです」

と、いった。

「名前がわかっているのに、なぜ逮捕できないんですか？　おかしいじゃありませんか

か」

　優子の叔父に当たるという岩田が、十津川に文句をいった。

「理由は、二つあります」

　と、十津川はいい、

「第一は、物理的なもので、今、高沢の所在がわからないことです。第二は、高沢が本当に殺したいと思っている優子さんが、まだ、一回も狙われていないことです。彼は今までに、三人の女を殺していますが、その三人と高沢の間には関係がないので、動機の証明ができないのですよ」

「しかし、警部さん。三人とも名前がY・Hで、右眼尻にホクロがあるんでしょう。それなら、優子を狙っていて、間違えたことになるじゃありませんか？」

　と、岩田はいう。

「そうですが、それは推理であって、厳密にいえば、証拠にはならないんですよ」

　と、十津川はいった。

「まさか、警察は、優子が殺されればいいと思ってるんじゃないでしょうね？」

「なぜ、そんなことを？」

「あなた方が、男だからですよ。優子は、平岡という男を自殺に追いやった悪い女だ。

だから、殺されたってかまわない。そう思ってるんじゃないですか？」

岩田は、十津川を睨んでいった。

「われわれは、そんなバカなことは考えませんよ。とにかく、犯人を逮捕することが第一と考えていますからね。ただ、あなた方が、協力してくださらないと、犯人の逮捕が難しいのです。それは、わかってください」

十津川は、腹が立つのをじっとおさえて、岩田にいった。

「協力って、いったい、何をすればいいんですか？　優子がおとりになって、海岸でも、歩けばいいんですか？」

と、岩田がきく。

十津川は、苦笑した。

「誰が、そんなことをしてくれといいましたか？　われわれに、正直に何もかも話してくだされば、それで、いいんです」

「正直に話していますわ」

と、優子は口をとがらせた。

「われわれが、強引にきいたからでしょう？」

と、亀井が皮肉を利かせていった。

優子は、黙ってしまった。

十津川は、腕時計に眼をやった。午後四時を回っている。

あと八時間で、今日が終わる。

その間に、高沢は間違いなく優子を殺そうとするだろう。

十津川は、岩田を見た。

「われわれを、このホテルの中で、自由に行動させてほしい。それはいいですね？」

と、十津川はいった。

「いいですよ」

岩田は、肯いた。

「それから、妙な動きはしないでください」

と、十津川はいった。

4

二人は、自分の部屋に戻ったが、亀井がまだ腹を立てていた。

「あれじゃあ、高沢があの女を殺したくなっても、当然ですよ」

と、亀井はいった。

「まあ、そんなに怒りなさんな」

と、十津川は笑ってから、

「高沢は、どうやって彼女を殺そうとすると思うかね？」

「今までの三人は、外で殺されていましたね」

「だが、橋野優子は、じっとこのホテルに入ったままだよ」

「たぶん、高沢は、すべて知っていると思いますね。このホテルのどの部屋に、彼女がいるかは、わからないでしょうが」

「カメさんなら、どうするね？」

「私が、高沢ならですか？」

「そうだ」

「平凡に考えれば、火をつけますね」

と、亀井が無造作にいった。

「やっぱり、火か？」

「それが、いちばん手っ取り早いですよ。火事になれば、嫌でも中の人間が、飛び出してくる。それを狙うのが、確実だと思いますね。煙にまぎれて、近づけますから」

と、亀井はいう。

「ほかに、どんな方法があるだろうか？」

「ここはホテルですから、普通なら泊まり客になりすましてということが、考えられますが、客を泊めていませんから、この方法はとれませんね」

「そうだな」

「ライフルを持っていれば、狙撃《そげき》しますね」

「持っているかな？」

「わかりません。散弾銃などは、資格さえあれば、買えますからね」

「これまでの三人に対しては、銃は、使ってないんだが」

「それは、直接ナイフで刺したほうが、怒りをぶつけられるからじゃありませんか。銃で殺したのでは、殺す実感がないからでしょう」

と、亀井はいった。

「しかし、どうやって、この中にいる彼女に、近づけるだろう？」

「その点は、わかりませんね。休業中のホテルの中に入るのは、難しいですから」

と、亀井はいう。

「ホテルに入って来るとしても、暗くなってからだろうね」

と、十津川はいった。

今までの三つの事件も、犯行は夜である。とすれば、今回も夜になって、高沢は行動を起こすのか。

二人は明日の朝まで、一階のロビーで過ごすことにした。優子が一階にいるからである。

何も起きないままに、時間が過ぎていった。

午後五時に岩田が、十津川の傍にやって来て、

「これから、従業員を二人、外へ出します」

と、いった。

「何のためですか？　買い物ですか？」

「いえ。町役場の環境課の指導で、白良浜の掃除をすることになっているんです。ボランティアでやるんですが、うちでは私ともう一人出ることになっていますが、今日は優子のことがあるので、従業員二人にしました」

「それなら、かまいませんよ」

と、十津川はいった。

その二人が、ひどくカラフルなユニフォームを羽織《はお》って出てきた。陣羽織《じんばおり》みたいな

ものので、濃紺に赤いラインが入り、襟《えり》のところに「自然保護者」と書いてある。

「行って来ます」

と、二人の従業員が岩田にあいさつしたとき、入口から、同じ恰好をした、五、六人の人間が入ってきた。

「早く行きましょう」

と、その中の一人が声をかけてきた。

(みんなボランティアなのか)

と、十津川が微笑しながら眺めていたとき、突然、彼らの一人が羽織っていたユニフォームの下から、何かを取り出して、宙に投げた。続いてもう一つ。

「あッ」

と、十津川が叫んだとき、眼の前を白煙が蔽《おお》った。そして、猛烈な催涙《さいるい》ガスの匂い。

「催涙弾だ！」

と、十津川は叫んだ。

悲鳴が聞こえた。煙の向こうで、派手なユニフォームがゆれ動くのが、かすかに見えた。が、十津川の眼も亀井の眼も、催涙ガスがしみて、涙にかすんでいった。

「カメさん、彼女が危ない！」

と、十津川は眼をこすりながら叫んだ。

五、六人集まってきた人たちの中に、高沢がいたのだ。

十津川は拳銃を抜き出して、右手に持った。が、肝心の高沢が見えない。涙が後から後から出てくるのだ。

「カメさん、高沢が見えるか？」

と、十津川は眼を閉じたまままきいた。

「残念ながら、見えません」

「私もだ」

「くそ！」

と、亀井が唸《うな》り声をあげる。

「壁に向かって突進するぞ。あとは、壁伝いに彼女の部屋に行く」

と、十津川が叫んだ。

「わかりました！」

と、亀井も叫ぶ。

十津川は眼を閉じたまま、突進した。誰かにぶつかった。相手をはね飛ばして、前進する。

手が壁に触れた。そのまま、手を横にずらしていく。

さっき行った彼女の部屋の位置を思い出しながら、十津川は、手さぐりで身体を移動していった。

通路が見つかった。

そこを、奥へ入っていく。

このまま歩いて行って、突き当たりが非常口で、その手前に、彼女の部屋があったはずである。

うす眼を開けてみる。

このあたりは煙はなかった。が、まだ、眼の前が滲《にじ》んでしまう。

「カメさん、いるか？」

と、叫んだ。

「います！」

と、後方で声が聞こえた。

「見えるか？」

「ぼんやり、警部が見えます」

「それで十分だ」

と、十津川がいったとき、突然、女の悲鳴が聞こえた。

「行くぞ！」

と、叫んでおいて、十津川はやみくもに突進した。

さっき見た部屋の前に着くと、ドアを蹴破《けやぶ》った。

派手な、例のユニフォームを着た男が、優子を抱きかかえて、ナイフを光らせているのが、見えた。

「近づくと、こいつを殺すぞ！」

と、男が大声で怒鳴った。

十津川の背後で、亀井がまた唸り声をあげた。

十津川は、わざと眼を閉じた。

「カメさん！　見えないんだ！」

と、十津川は叫んだ。

「私もです。くそ！」

と、亀井も叫ぶ。

十津川は眼をこすり、首を小さく横に振って、

「高沢だな。おとなしく彼女を放すんだ！」

「おれが、見えるのか？」

と、高沢が皮肉な眼つきになった。

十津川は、左手を宙に泳がせて、

「見えるさ、見えるとも！」

と、叫んで、あらぬほうに顔を向けた。

高沢は笑った。

「そうだ。おれはそこにいるんだ。そこだよ！」

と、高沢はいい、傍にあった植木鉢をつかんで、部屋の隅に投げた。

大きな音がした。

「高沢、降伏しろ！」

と、十津川は大声で叫び、拳銃をそちらに向けた。

高沢は、ニヤッと笑い、優子の手をつかんでベッドに引きずっていく。

その瞬間、十津川は、眼をいっぱいに見開いて、高沢に向かって射《う》った。

ナイフを持った手を狙うなどという余裕はなかった。一秒か二秒しか、見つめられないのだ。

二発目も、狙って射てるという自信はなかった。もし、一発目が外れたら、間違いなく、優子は殺されてしまうだろう。

だから、高沢の胸を狙って、殺すつもりで射った。

銃声と一緒に高沢の身体が吹き飛び、壁に叩きつけられた。彼の悲鳴はそのあとから十津川には聞こえた。

優子が金切り声をあげながら、部屋から飛び出していった。

5

十津川は、拳銃を構えたまま、じっと見すえた。

眼の前の景色が、見えたり消えたりする。だが、壁に叩きつけられた高沢の身体が、動く気配はない。

「誰か、救急車を呼んでくれ！」

と、十津川は前を見すえたまま大声をあげた。

「大丈夫ですか？」

と、背後で亀井がきいた。

亀井もよく見えないらしい。

「私は大丈夫だ」

と、十津川はいった。

「高沢はどうなりました？　死んだかどうかわからん」

と、十津川はいった。

「おーい！　誰か、眼を洗う水を持って来てくれ！」

と、亀井が叫んだ。

だが、いっこうに持って来る気配はない。十津川は、床の上に座り込んだ。

水よりも先に、救急車が駈けつけた。救急隊員が、動かない高沢を担架にのせて、運び出していく。

「警部も一緒に、病院に行かれたらどうですか？」

と、亀井がきいた。

「私は大丈夫だよ」

「しかし、眼が痛いでしょう？」

「とにかく、眼を洗おう」

と、十津川はいい、二人はまだ危ない足取りで、洗面所に行き、必死で眼を洗いつづけた。

ロビーに戻ると、白煙は消えていたが、まだ、催涙ガスの匂いと刺激は残っていた。

県警の中村警部が、十津川を見るなり、駈け寄ってきて、

「申しわけありませんでした」

と、頭を下げた。

「仕方がありませんよ。私だって、最初、高沢には気がつかなかったんだから」

と、十津川はいった。

「犯人は、ひとりで来るものと、頭から決めてかかっていたんですよ。それが、あんなユニフォームを着て、五、六人で来たもんだから、うっかり見逃してしまったんです」

「あれは、ボランティアの人たちだそうですね？」

「ええ。連中に話をきいたら、こうなんですよ。五時からの清掃に、このホテルの前で集合することになっていたそうです。酒屋の主人の代わりに、若い男がやってきて、主人がカゼで急に熱を出したので、代わりに来ました、親戚の者だといったので、別に疑いもせず、仲間に入れたといっていました」

「その酒屋の主人はどうなったんですか？」

「店を出たところで、いきなりエーテルを嗅《か》がされ、あのユニフォームを脱がされ、店の裏に放り出されていたといっています」

と、中村はいった。

「高沢は死んだのかね？」

「病院に問い合わせてみましょう」

中村は、すぐ電話の所へ飛んでいった。しばらくして戻ってくると、

「病院に着いたときは、すでに死んでいたそうです」

といった。

「そうですか」

「仕方ありませんよ。三人も殺した犯人なんですから」

「だが、できれば、殺したくはなかったですよ。生かしておいて、喋《しゃべ》らせたかったんです。事件についてね」

と、十津川はいった。

若い県警の刑事が入って来た。中村に何か囁《ささや》いた。

中村は、ニッコリ、十津川に向かって笑った。

「いい知らせです。病院からですが、死んだ高沢の内ポケットに、遺書が入っていた

そうです。すぐ、こちらに届けられるそうですよ」

＊

〈私が死んだあと、誤解されると嫌なので、この遺書を書いておく。

私は、すでに、三人の女を殺した。別に、それを否定しようとは思わない。私は、別に、悪いことをしたとは、思っていないからだ。

私の青春は、平岡淳に対する愛で始まり、愛で終わった。

その愛を、私はむしろ、誇りに思っている。純粋な愛情だという確信が、私にはあるからだ。

だが、平岡は、女に迷い、欺《だま》され、のめり込んだ。私は、注意したのだ。女の愛なんか、信じてはいけない。君を、食いものにしているだけなのだ、と。

だが、平岡は、物事が見えなくなっていて、私の忠告をうるさがった。仕方なく、私は、一時的に平岡から離れた。

今になれば、それが悔《く》やまれてならない。平岡に嫌われようと、彼についていてやれば、自殺だけは食い止められただろうという気がするからだ。

平岡は、女に欺され、借金を作り、自殺した。その凄惨《せいさん》な死に方は、今でも私の眼に焼きついている。あれは、恨みを籠《こ》めた死に方だ。私に、仇《かたき》を取ってくれ、と訴えていた。

だが、私は、平岡を死に追いやった女の名前を知らなかった。私は必死になって、平岡のいった言葉から、女を割り出そうとした。だが、わかったのは、その女のイニシアルがY・Hであり、二十一歳のOLで、右眼尻にホクロがあって、一六〇センチくらいの美人ということだけだった。いろいろとわかっているように見えて、何もわからないに等しかった。

ただ、ありがたいことに、最近の社会は、いろいろなデータを売る会社がある。私はそれを利用することにした。二十一歳のOLだけを集めたデータもあった。私はその中から、名前が「H」の項だけ買って、Y・Hになる女性を書き写した。

私は、まず、東京の長谷川弓子を殺した。額《ひたい》にはナイフで、×印をつけた。これは、復讐《ふくしゅう》の印のつもりだった。

このあと、私は、平岡が紀南の生まれで、S自動車に来る前、向こうの信用金庫で働いていたことと、それに、女について、同郷だといっていたのを、思い出したのだ。

そこで、私は、紀南にいるY・Hを殺すことにした。

新宮、串本で、私はY・Hを殺した。結局彼女たちも、平岡を欺した女ではなかったのだが、私は、自責の念にはかられなかった。考えてみれば、女は、私にとって、女であるということだけで仇であり、悪魔でもあったからだ。だから、三人の女を殺したことを、私は後悔してはいない。

そのあと、やっと私は、橋野優子を見つけた。

すぐにも、彼女をと思ったのに、妙な連中が事件を起こし、警察が動き廻り、私の邪魔をした。

その連中も、消えた。私は、予告して、橋野優子を殺すことにした。そうしたほうが、あの女を怯えさせてやることが、できるからだ。

これから、彼女を殺しに行く。

警察が網を張っていることは、わかっている。怖くはないが、私が死んだあと、ただの殺人マニアだと誤解されるのが嫌だから、これを書いておく〉

そこで、手紙は終わっていた。

十津川は、手紙を亀井に渡し、煙草に火をつけた。

まだ、眼が痛い。

解説 〝若き幹線〟紀勢本線が激変した平成初期

小牟田哲彦

紀勢本線は、「本線」を名乗る全国のJR線の中で最も〝若い〟幹線である。

その名の通り、紀伊と伊勢を紀伊半島の外縁に沿って東西に結ぶ路線で、伊勢を含む東側は尾鷲までの区間が昭和9年までに紀勢東線として開業していた。一方、西側は大正13年に箕島まで紀勢西線として開業して以来、徐々に南へと延伸。本作品の主要な舞台となっている紀伊田辺や白浜へは、昭和7年から8年にかけて延長を果たしている。ようやく東西両線が繋がって全通したのは昭和34年のことであった。

西側の主な区間は昭和初期までに開通しているとはいえ、全国の幹線は明治から大正時代にかけて開業しているケースが多いことと比較すると、幹線としては歴史が浅い方に属する。それは駅名の傾向にも表れていて、本作品の次の場面で十津川警部や亀井刑事を惑わせるのに一役買っている。

「紀勢本線のKという地点が何処か、わかりますか？」

亀井がきくと、中村は急に難しい顔になった。

「イニシアルがKの駅や、場所というのは、やたらに多いんですよ」

「串本もKですね」

「ほかに、紀勢本線の駅には、紀伊《きい》××というのが多いんですよ。イニシアルは全部、Kになってしまいます」

中村は、そういう駅名を次々にあげてみせた。

紀三井寺《きみいでら》、紀伊日置《ひき》、紀伊佐野《さの》、紀伊宮原《みやはら》、紀伊有田《ありた》、紀伊井田《いだ》、紀伊由良《ゆら》、紀伊姫《ひめ》、紀伊市木《いちぎ》、紀伊内原《うちはら》、紀伊長島《ながしま》、紀伊田辺《たなべ》、紀伊浦神《うらがみ》、紀伊新庄《しんじょう》、紀伊勝浦《かつうら》、紀伊富田《とんだ》、紀伊天満《てんま》。

「こりゃあ、大変だ」

と、亀井が声をあげた。

なぜ、紀勢本線の駅名は旧国名を冠していることが多いのか。それは、かつては遠く離れた場所ですでに営業している旅客駅と同じ表記、あるいは同音異字の場所に新たな駅を設ける際には、鉄道運営上の混同を防ぐため、その地名に旧国名を冠するなどして区別しようとする傾向があったからだ。絶対的なルールではなく、大久保駅（中央本線、山陽本線、奥羽本線の三駅）や旭駅（総武本線、土讃線の二駅。平成元年までは北海道の名寄本線にもあった）のような例外もあるが、概ね全国で採用されていた命名方法である。

右の引用部分で中村警部が列挙した駅名の場合、旧国名を冠していない紀三井寺を除く十六駅のうち、開業時点で旧国名を冠しない同駅名（訓《よ》み方違いを含む）が存在したのは紀伊日置（鹿児島県に日置《ひおき》駅〈昭和59年に廃止〉）、紀伊佐野（栃木県に佐野駅）、紀伊宮原（熊本県に宮原《みやばる》駅〈昭和40年に廃止〉）、紀伊有田（佐賀県に有田駅）、紀伊由良（鳥取県に由良駅）、紀伊姫（岐阜県に姫駅）、紀伊内原（茨城県に内原駅）、紀伊長島（三重県に長島駅）、紀伊田辺（京都府に田辺駅〈現・京田辺駅〉）、紀伊新庄（山形県に新庄駅）、紀伊勝浦（千葉県に勝浦駅）、紀伊富田《とんだ》（栃木県に富田《とみた》駅、三重県に富田《とみだ》駅）、紀伊天満（大阪府に天満駅）の十三駅。他の紀伊井田、紀伊市木、紀伊浦神の三駅も、福岡県に伊田《いた》駅（現・田川伊田駅）、鹿児島県に市来《いちき》駅、長崎県に浦上《うらかみ》駅と、ほぼ同音異字の駅がすでにあった。

このように、中村警部が列挙した「紀伊××」駅はいずれも、「紀伊」を冠しなければ混同の恐れがある名の駅が全国のどこかに先に存在していたのだ。実際に、開業当時に既存の他駅の名称をどこまで意識して命名したかはわからないが、旧国名付きの駅名がズラリと並ぶと、逆に幹線としての〝若さ〟を強く感じさせる。

国鉄の分割・民営化で紀勢本線の西半部が激変

昭和62年に国鉄が分割・民営化されると、紀勢本線は新宮を境に東側がＪＲ東海、西側がＪＲ西日本へ編入され、同じ路線でありながら所属会社が分かれることになった。本作品が初めて刊行されたのは平成3年秋だから、本作品は、ＪＲ発足から約四年後の紀勢本線、特に新宮以西のＪＲ西日本所属路線の模様を描いていることになる。

もともと同線は、国鉄時代に新宮以西だけが電化されていたため、路線の雰囲気は新宮を境に異なっていたが、会社が分属したＪＲ化以降、その傾向は急速に強まっていく。

紀勢本線は三重県の亀山から紀伊半島を半周して和歌山市までの路線であり、亀山発が下り（往路）、和歌山市発が上り（復路）となる。だが、ＪＲ西日本は平成元年

7月のダイヤ改正から、自社が所管する和歌山〜新宮間でのみ上りと下りを事実上逆転させ、本社がある関西圏から新宮方面へ南下する列車を往路、つまり下り列車として扱うようになった。

JRでは同じ列車名に号数を付す場合は、下りは奇数、上りは偶数とするルールがある。本作品では新大阪や天王寺から白浜、串本方面へ向かう特急列車が「スーパーくろしお31号」「くろしお25号」と奇数の号数を名乗り、逆に串本から白浜へ向かう特急が「スーパーくろしお8号」と偶数番号になっている。本作品の三年前まではこの奇数と偶数の付番ルールが真逆だったのであり、刊行当時は、国鉄時代から紀勢本線の特急列車を知る者にとっては違和感が残っていたかもしれない。

「スーパーくろしお」という特急自体も、その平成元年7月のダイヤ改正で登場した、当時の紀勢本線の最新鋭看板列車だった。本作品でも「先頭の1号車がグリーンで、前面のガラスが大きな展望車になっている新型車両」と紹介されている通り、新宮側の先頭車に連結された前面展望可能なパノラマ車両が目玉の観光特急で、当時の時刻表にも「グリーン車はパノラマ車」という注記がわざわざ付けられている。

十津川警部と亀井刑事が新大阪で新幹線から「スーパーくろしお31号」に乗り換える場面も、このダイヤ改正以前には見られなかった光景である。令和4年3月時点の特急「くろしお」は全列車が新大阪または京都発着となっているが、かつて紀勢本線の特急列車は全て、大阪環状線の天王寺駅を起終点としていた。そのため、新幹線から「くろしお」に乗り継ぐ旅行者は、新大阪から東海道本線の普通列車に一駅だけ乗って隣の大阪へ行き、さらに大阪環状線に乗り換えて天王寺まで行くという二回の乗換えが必須であった。

しかも、新幹線から在来線の特急列車に直接乗り換える場合は在来線の特急料金が半額になるという乗継ぎ割引制度は、新大阪と天王寺が別の駅であるという理由で適用されなかった。「くろしお」が新大阪まで足を延ばすようになったことで、紀勢本線への旅行者は初めて新幹線との乗継ぎ割引の恩恵を受けられるようになったのだ。

このように、平成初期の紀勢本線西半部は、国鉄時代とは劇的に様相が変わった時期に当たる。こうした状況に当時の西村京太郎は、紀勢本線を舞台とする作品の創作意欲を掻き立てられたのではないだろうか。

本文に垣間見られる現地取材の成果

詳しくは本作品第八章「紀南の海」に譲るが、ほぼ同じ地域を示す地名であっても、対外的に知られている地名と、古くからあって地元で定着している地名との間に齟齬があるケースは全国で見られる。特に近年は、市町村合併によって大雑把な広域都市名が誕生したものの、それぞれの地元では伝統ある旧名の方が通りが良いことが多い。

そうした事情は、実際に現地を訪ね歩かないとわからない。西村作品が著者自身による周到な現地取材に基づいていることはよく知られている。第八章の題名に用いられている紀南も、市販の鉄道時刻表を眺めているだけでは決して知り得ない。著者が現地取材中の見聞を通して気づいたに違いない。

もちろん、現代ではインターネットで検索すれば大概のことはわかる。だが、最初の気づきがなければ検索による調査はできない。本作品を通読すると、どんなに情報通信手段が発達しても、実際に現地を訪ねるフィールドワークの重要性を改めて感じる。そして、その取材成果を織り込んだ謎解きが、初版から三十年を経た今なお十分に作品を成立させていることには、敬服の念を抱くほかない。


（作家）

本作品には実在する地名、団体が登場しますが、ストーリーはすべてフィクションです。

また、本作品には、今日の人権意識に照らして、不適切とされる表現が含まれていますが、著者が故人であること、作品執筆当時の時代背景等を鑑み、底本を尊重しました。ご理解賜りますようお願い申し上げます。

文春文庫

定価はカバーに
表示してあります

紀勢《きせい》本線《ほんせん》殺人《さつじん》事件《じけん》
十津川《とつがわ》警部《けいぶ》クラシックス

2022年6月10日　新装版第1刷

著　者　西村京太郎《にしむらきようたろう》
発行者　花田朋子
発行所　株式会社　文藝春秋

東京都千代田区紀尾井町 3-23　〒102-8008
TEL　03・3265・1211㈹
文藝春秋ホームページ　http://www.bunshun.co.jp

落丁、乱丁本は、お手数ですが小社製作部宛お送り下さい。送料小社負担でお取替致します。

印刷製本・凸版印刷

Printed in Japan
ISBN978-4-16-791894-1